谢持日记未刊稿

第四册

◎谢持 著

广西师范大学出版社
GUANGXI NORMAL UNIVERSITY PRESS
·桂林·

目录

觀書者釋己之疑明己之未達（張橫渠）

六月一日（戊午四月二十二日己亥）土曜日（即星期六）

民國七年 學校日記

提要（修學）

（治事）

（通信）
陝錦帆青楊漢孝
舒子鐵寧視家報

氣候
病　疾已賀促取一至於此

舒子鐵送川病不能送之

食
雨
清晨西門將本府之局殺乞府挨也泰而晉也陝錦帆漢孝青楊介送之

溫度

儷成新夏荷浮翠送盡餘春柳褪綿（姜特立）

世衰道微人欲横流非剛毅之人莫能立足（朱熹）

六月二日（戊午四月二十四日庚辰）日曜日（即星期日）

民國七年學校日記

提要	（修學） （治事） （通信）
氣候	病減少許 寫信一二事 檢清代軼事自遣 晚訪北道腴之 各食燒豚也 又過玉章
	玉章病亦減
〔 〕	玉章示我新聞紙相以事若已與鍾體道田頌堯賴心輝戰矣 五月三日得綿
	陽而體道先攻我梓潼蓬溪北道與劉存厚聯絡也
	梅谷介眉來視病 殷懃感之
溫度	

石耳峯頭路接天梵音堂下月臨泉（蘇軾）

爲學之要務在能勤（吳梓齋）

六月三日（戊午四月二十五日辛巳）月曜日（即星期一）

提（修）

要（學）

（治事）

通（信）得四弟明片 廿一 東京

氣候 陰雨

溫度

作書 致仲清函

濱侍來始知有人測度我之代四川領公債券者欲自肥也而黃沈經郎仲青唐所
袁誠臣諸議員則雖亦懷疑於此而尚有其他爲地方着想之意邀我爲諧
人說之事既関於兵民行政安能執人人而說從斯誠臣暨人亦可討論地方
利害者雖尚餘病亦勉赴廻龍社及吾告以故並述地方利害研究諸人所
慮將來經募者必地方官且需額千元勢必出以强迫而富者不堪閙矣嗟
現在軍隊之逼遇富者爲言謂不必爲虎倀然叩以軍與匪熾必需款也曰
聽其自籌足亦見着一面而已反復辯難李陛其說而不通盤計畫也事
吾因說話過多吹糗極矣
四弟將以六月六日偕香草師由滬返國

半溼半晴梅雨道乍寒乍暖麥秋天（黃公度）

欲得自由不可不限制自由（博附克）

六月四日（戊午四月二十六日壬午） 火曜日（即星期二）

民國七年學校日記

提要（修學）

氣候

得叔實牋又欲以公債券購軍械運重慶思想繁多而不切事理也

（治事）

陰雨

得四叔翁書四鄉若盜農不能耕女不能織殊殺擄掠人無死所吾家雖距縣城數里而不敢歸幸祖宗之靈老母無恙游子差減悲戾耳兩姪痘已免可慶也

總望我國會畢後退而事乎農商吾日夕此志也

溫度

（通信）

得叔實親筆五月廿七日及田兒牋

得四弟嘉會三月十九日牋滬行般叔實示田兒

天氣薰蒸疑作暑風光同轉欲留春（程敏政）

六月五日（戊午四月二十七日癸未）　水曜日（卽星期三）

民國七年學校日記

提修要學：

治家：

通信：四鄉成來 廿四

氣候：西江自陰雨以來無日不聞溢閘決圍屢來稍河堤四圍以其閘閉水外今則皆水而圍其中田之也

省城西關街衢行水中居水中矣江流日高而陰雨不止人心皆危蓋民國四年水患將再見於今也

陰雨

四鄉饑患游美矣不量物力至此將來得失關頭頗令吾懸懸不能

置念是皆不踏實地之病其居恒頗而不安從素亦然

溫度：四肢疲倦頗甚人濡溼氣中也

漠漠水天飛白鷺陰陰夏木囀黃鸝（王維）

一九一八年

不能制己而欲制人愚也（拉伯沙）

六月六日（戊午四月二十八日甲申 京城下午八時五十七分芒種）木曜日（即星期四）

民國七年 學校日記

提要	
（修學）	讀莊子不能通也
（治事）	
（通信）	与四弟東璋李讓書
氣候	陰雨
溫度	

晚四棣暨陳東璋劉李讓兩妹丈以鹽省四弟文領同德公司昌榮紅息之權屬諸東璋

陳競存所部守黃岡前綫者鄧某通敵而失黃岡雖克復然競存之不得士心也可見已

閒夢江南梅熟日夜船吹笛蕭蕭人語驛邊橋（皇甫松）

怕過山小害德爲大(明仁孝文皇后)

六月七日(戊午四月二十九日乙酉)　金曜日(即星期五)

民國七年學校日記

提要(修學)

治事

通信

氣候　食雨

溫度

海珠溺水矣　吳康伯告我中山先生五日去汕頭　羅家衡告我旨山克復

伯琅來　与陳洪侍觀劇還遊五章

雲天晨氣潤槐夏午陰清(趙師民)

士當先天下之憂而憂後天下之樂而樂（范希文）

六月八日（戊午四月三十日丙戌）（入梅）　土曜日（即星期六）

民國七年　學校日記

提要（修學）（治事）（通信）

氣候　久雨初晴故氣候和也

余

外交政策瀏覽盡一冊其書淺顯其頁三百五十其詳日本維新前之外交情形与吾國無異吾曷弗自勗耶

臨魯忠憲碑弗似也　永州有失守說凡來自湘者罔不咎程潛而程潛之妻固挾重裝先去湘而來廣州矣

溫度

瀏覽獨逸之現勢　日本望月小太郎著大正元年成書歐戰以前事也　是書十餘頁課每日覽廿頁今日始也

梅雨晴時插秧鼓嶺風生處採菱歌（陸游）

勤勵不息身之德也（明仁孝文皇后）

六月九日（戊午五月初一日丁亥）（日食西部皆陰不見）日曜日（即星期日）

民國七年學校日記

提要（作學）	
治事	赴兩院談會（談話會）商討十二日開會事
通信	覆楊伯琴
氣候	路多沒於水
晴雨	過伯根與漢侍偕還雨亟與漢侍飲世界酒樓 漢侍言樅子橋鐵鑛頗佳其純鑛可以鑄犁耙之刀土人所售率攙入泥沙者而資本不過一二千緍吾心馳於此矣 瀏覽日籍如課
溫度	

綠槐高柳咽新蟬薰風初入絃（蘇軾）

父母之恩水不能溺火不能滅（俄諺）

提要（修學）

（治事）

（通信）

氣候

寫字 瀏覽日籍如課

食

佛眼來慨然汕頭諸軍之自擾而棄汕不守

溫度

六月十日（戊午五月初二日戊子）

月曜日（即星期一）

民國七年

學校日記部

客中端二日風雨送牢愁（文天祥）

六月十二日（戊午五月初三日己丑）　火曜日（卽星期二）

民國七年學校日記

提要（件目）

記事

通信

得吳山李叔堯函

氣候

瀏覽日籍如課

食

赴廻龍社會議參議院事正副議長皆不至故也決以全院委員長

徵

代表本院与各方接洽別電促王正廷

晌

漢傳好奕吾亦好奕好者不盡善也三局而吾三北

溫度

六月十二日（戊午五月初四日庚寅） 水曜日（即星期三）

提要	氣候	性	溫度	
（修學）	國會開正式常會蓋繼續第二期常會也	國會自遭非法解散迄今日蓋恭年也而吾人自行集會於廣州約 法規定國法自行開會開會中華民國國會行使約法上自由行 開會之權以今日為第一次矣嗟夫戰爭經年僅得今日不謂 為議員者大半觀望而已到廣州者雖三百人亦不足至今日止齊到	者二百三十餘人則能否達法定人數未可知也	午後訪鄉吉人察其行頗令人不滿 瀏覽日籍僅及其課之十一精神倦極遂寢且未浴也
（治事）				
（通信）				

民國七年 學校日記部

不勤勞何從得安樂何從得休息 （加黎）

六月十三日 （戊午五月初五日辛卯）（夏節） 木曜日 （即星期四）

提要（修學）

（治事）

（遊覽）

氣候 端午佳節客来午後鄭稚嵐各飲米泛艇舟遊之見龍舟焉以戰爭

故禁競渡也 客廣州鄉人聚飲先施公司樂園遊觀活動寫真

食

雨 瀏覽日籍補昨日課而已

溫度

競渡傳風俗旁觀亦壯哉 （郭公父）

失名譽而得利益猶損失也（撒伊辣士）

六月十四日（戊午五月初六日壬辰）　金曜日（即星期五）

民國七年學校日記

提要（修學）

（治事）

（通信）

氣候　陰雨

陳家鼎童杭時丁超五約赴照霞樓議組織國體事也

瀏覽日籍如課并補昨日課八頁盡而止

自病至今兩禮拜矣而咳率不減時氣上逆呼則如將潰勃而出者

日昨調理呼吸以息之

過玉章訪張岳軍山田純三郎不遇

溫度

想得薰風端午後荷花世界柳絲鄉（楊萬里）

六月十五日（戊午五月初七日癸巳）　土曜日（即星期六）

一人之利害即一國之利害（克希典）

提要（修治）（學事）（通信）

氣候　陰　大雨

爽四戰而后勝蔡少譜也

湖南武岡人李大年字壽彭　江西萍鄉人張有桐字百禹　来訪爲中日新密約發學歸國以求廢約者而君皆嘗受日本東京警察之凌辱也

吴山書来謂李元白抵川通電各軍自保特派員蓋此子拮据不止是也

溫度

閩陳伯蘭諸人召飲蘊香舫冒雨赴之

瀏覽日籍如課并補課若干

茅簷三日蕭蕭雨又展芭蕉數尺陰（陸游）

六月十六日（戊午五月初八日甲午）日曜日（即星期日）

提要（修學）（治事）（通信）

氣候 大雨

温度

童杭時諾人又約議團體事余以為姑緩較當若余之觀察則謂陳汗園非可共根本之計之人也童杭時丁超五周無陸澤耳故力持慎終於始之義

瀏覽日籍如課

訪李大年張有桐不遇遂訪玉章又不遇

民國七年學校日記部

六月十七日（戊午五月初九日乙未）　月曜日（即星期二）　民國七年學校日記

無名譽之人猶劣於死（蒲克曹）

提要（修身）

氣候

瀏覽日前如課端午日所瞭而未如課者今日補而畢之

治事

通信

食

鄭吉人來遂與議千圓貸金事擬除償還若干外餘則盡數折合

大雨

為上海規洋將來措借庶少斗萬吉人亦韙吾說遂註銷一月借券別給新銀券兩餘上海通用幣七百七十圓也署券證人陳漢儕

溫度

日籍述德國社會黨主義目的頗細心讀之而玉章來遂討論此義

玉章則謂今尚有新者足者翦及澳洲政治

伯琅來已數日不見矣

丁壯趁晴收早粟　北鄰結作絡新絲（陸游）

時難得而易失（習諺）

六月十八日（戊午五月初十日丙申）　火曜日（即星期二）

民國七年學校日記

提要（修學）

氣候

游荔枝灣。灣距城西二里許，通小港，游人蕩小艇循流上下，每入夏輒來。港設肆，游人休息其間。然地非幽勝，殊與俗接，不足樂也。

小姓

劉覺日籍關課者半也

玉章來，王芷塘亦至，縱論四川當急謀施設者

溫度

（治事）

（通信）

片月生林白沿流潤亦明（韓仲正）

立名以一生而失之俄頃刻（英諺）

六月十九日（戊午五月十一日丁酉）水曜日（即星期三）

提要（修身）

（治事）

（通信）上香岩師書 示田兒 得大女字 六月十一日上海

氣候 陰 雨

溫度

瀏覽日報籍如課文補昨日所閱其論德國教育之發達而收民效也因由國家强迫與獎勵之所至而教育方針注重於國民特有之性格而使各個人發揮其能力者斯收效獨宏故

山田兆三郎召飲南園赴之

鄭吉人來長談 吾 祖母其祖姑行也遂追述先世所以詒厥子孫之謀其儉也非吝也教子孫惜福而期享之非無窮也細懷先德小子皇皇然惕矣若夫論及大局與一人出處則吉人不能無閒然者是不可強已乎

上香岩師書言六厘三四年公債也 示田兒以將歸後匯之故

大女來眾謂德堪齡孫及仲言皆病

嵐光浮動千峯翠雨氣薰蒸五月寒（文徵明）

學者不患才之不贍患志之不立（徐 幹）

六月二十日（戊午五月十二日戊戌） 木曜日（即星期四） 民國七年 學校日記

提要（修學） （治事） （通信）

氣候 陰雨

溫度

瀏覽日籍如課

覺生希孟將之日本遂有約集議者午后一時赴照霞樓議者自議而兵者則吾與也

觀活動寫真

陸建章（朗齋）為徐樹錚誘殺樹錚膽大矣而恣橫不軌也建章爲大非袁世凱也恣意肆殺無法律之範今樹錚之殺之似使其入亂天道好還不過建章因護法而死雖其實際在謀個人私怨要不能不予以萬一之憐惜而又警惕乎冥冥者之不可欺也

丞堂明月清且新幽人睡息來初匀（蘇 軾）

擇師取友以成其德（王集敬妻劉氏）

六月二十一日（戊午五月十三日己亥）金曜日（即星期五）

民國七年學校日記

提要（修學）（治事）（通信）	寄叔省龍家書
氣候 小性雨	以事僅及所課之半
	川滇貴州商公債券事其終也分緘讀伯及省議會慎重券集方法及用
	涂數語丁寧延意而已議論之際頗與滇臣以恆拙格而最可笑
	可痛者傅諧兩次說商於我欲以四川所領公債券實收三睉或四
	睉於香港其友某易現金求嚴詞謝絕今日之約竟自傳諧發
溫度	起所謂小人喻利不得則亂也
	角頭請來談於是知雲南之根本至不固也

夏栽醉竹千餘箇春種辰瓜滿百區（黃庭堅）

六月二十二日（戊午五月十四日庚子 京城下午一時四十六分夏至） 土曜日（即星期六）

民國七年學校日記

提要（修學）

氣候 晴 微雨

溫度

為歸施治喪籌費訪劉成禺成禺自認先借百金但無現款屬我暫假於他友由渠以償我百金者代償之

聽課

赴大新街市上舊遊趣鄉匡潛人屬昨日訂約於此候訂函

草巴文古小性牴牾

伯琅來譚

東方通信社設分社於廣州聞被露實南園波多博八田厚志兩君見告赴之

（治事）

（通信）

卅歲知識在立志不在年齡之多（柏拉圖）

六月二十三日（戊午五月十五日辛丑） 日曜日（即星期日）

提要（修學）（治事）（通信）

氣候 陰雨

溫度

郵寄行李

張石麒未嘗不圖吾亦將行也大雨遂偕石麒鄉吉人赴酒家小飲伯琅梅谷隨至

午後四時登河南（船名）輪船離廣州赴香港晚十一時半泊岸寓大東酒店整潔可一睡也 覺生劬秋易堂伯元胥客於此由其中離伯元啟歸船棠事明始得我之至也

石麒貸鑑魏以十金且託伯琅得款時再為我餽二十金

以德得名以學保之（倍脫辣克）

六月二十四日（戊午五月十六日壬寅）（月食）閩浙可見 月曜日（即星期一）

民國七年學校日記部

提要（修學）（治事）（通信）

氣候 晨遇楊虎彼云陝家屬楊凌路資不給義當助之而苦無錢遂取丹青託售之款取十五金付之而其補頭未補楊虎矣

理 楊逸

午前十時登天洋丸輪船十二時啟碇赴上海不得二等客室三等客室又嫌而不敢居遂居一等客室

溫度

壁池閒煞日已老村酒醺中時幾杯（維際）

六月二十五日（戊午五月十七日癸卯）火曜日（即星期二）

禍莫大於多言痛莫大於不聞過辱莫大於不知恥（王通）

提要（修學）（治事）（通信）

氣候 海不揚波舟行如在平地然臥室苦熱汗涔涔然將交卅前點同四室

或浮或奕或談戲清風爽人上下時咸收閒手目觸如有所得也

姓 天洋丸自昨日午十二時展輪計共行三百五十八海里

溫度

池映春篁老簷垂夏果香（李建勛）

大禹惜寸陰衆人當惜分陰（陶侃）

六月二十六日（戊午五月十八日甲辰）水曜日（即星期三）

提要（修學）

（治事）

（通信）

氣候

汽船衝霧而北戲獨山石門險矣過此嶴停泊待霧之散午后始

行

程

天洋北對東行三百五十四里較昨日減兩里霧也又行百五里以

天霧

夜半十一時三十分泊吳淞江口外設非霧若當於午后七時

許抵吳淞也

溫度

水花移得和魚子山蕨收時帶竹胎（皮日休）

民國七年

學校日記部

六月二十七日（戊午五月十九日乙巳）　木曜日（即星期四）　民國七年學校日記

提（修）要（學）

治（事）

通（信）　得四弟戍五月五日信

氣候　晨七時許檢驗病疫集三等室乘客於艙側當前按脈察色逐人而
詳之等室客不如其辦法頭等室客則點名出入而已而三等

溫度　室客有粵人赴舊金山者適以病死於是舉舟皇然益因此
而沮人之上岸也行李既從心不在舟相与憑欄望上岸之消
息矣午後三時小汽船來如航田繫遂移登之六時許泊黃浦
灘居小半押運行李叩門吾妻出應樂恬之然
可庭來忽与吾還想憶談約一點鐘　四弟德懋仲言堅仲丸妹信皆
外出及其反也淚收寒暄之樂永矣
三女出吾様什光書　五弟又舉一子　陰曆四月十九日　吾要命四弟告
我使小子為姪命名

性靜者可以爲學（陳獻章）

六月二十八日（戊午五月二十日丙午）　金曜日（即星期五）

提要（修學）

（治事）

（通信）

氣候

姓

溫度

晤毅師，見滄伯。午後淑芳來譚。

可庭、瀣仙、蓀丹、熒卿、協揆特還蜀，治酒餞之。適有長江可行之艇，遂改道。並熒卿、協揆不行。晚熒卿亦飲。

湖面新荷初照水，城頭高柳漫搖風。（蘇軾）

民國七年學校日記

六月二十九日（戊午五月二十一日丁未）土曜日（即星期六）

提要（修學）（治事）（通信）得雪廬書

氣候 介紹發衛諸人記何物事

過香草師 過佩年 昆譚 而聞往圍世兄背其父逃去 即言及此

不禁泣然

姓

謁中山先生 日疾未愈 覺生名欽

許攀南來譚

溫度

雪廬上書未啟封出寄滬也 催吾寄渠者二歲書原文之前卷 加汪語以還之教（一五年北京寄 一六年廣州寄）俗概矣 又錄渠寄後生信稿一則

紹尊已過門不入 恩義兩絕矣 吾不能不自疚也 雪廬上與其姑

勢不能諧 而亦無法以善其後 故前汪語中頗怨我 亟欲一

見且謀歸 我意吾將何以處之

百年地僻柴門迥 五月江深草閣寒（杜甫）

耳無塗聽　目無邪視（班昭）

六月三十日（戊午五月二十二日戊申）
日曜日（即星期日）

民國七年
學校日記

提要（修事）	氣候	溫度
（治事）		
（通信）		

過吳山　謁石青陽　晤伯英論及中山先生總裁之去就

袁今撫合飲乃其妾初度以馬車迓吾妻皆往而後知之飯後偕吾妻歸

綠分田水新栽稻　黃入園林已熟梅（居節）

七月一日（戊午五月二十三日己酉）月曜日（即星期一）

提（修學 事務 通信）要

氣候 敏師來 送主人 瀚之亦來
晤佩年詳論華成公司擬整事業而邀我入股

雜記 謁香草師旋訪鐵甫處遇朱子橋便飲始遇王世章
訪伯南處議中山先生之說

溫度 夜與四弟言取友之例質與尤宜嚴也況與傭保言不宜忘形之
之故既為吾妻述雪壁與我之情感及雪壁處境之難雪壁
質月來異難原因複雜而其始也太半為我如我出而調解
則揚湯止沸而已惟雪壁丁斯窮厄頗露歸我之意若然絕
尊不能切斷關係耶 用情若多罹痛苦難與上帝有意為之
俟而思復己之將何如矣

士先器識而後文藝（劉直齋）

七月二日（戊午五月二十四日庚戌）火曜日（即星期二）

提（修）要（學）

治（事）

通（信）

晤伯琅及孫吉人

氣候 居家一日未出

姓

溫度

碧溪搖艇闊 朱果爛枝繁（杜甫）

民國七年 學校日記

早起有無限好處於夏月尤宜（申涵光）

七月三日（戊午五月二十五日辛亥）水曜日（即星期三）

提要（修學）

（治事）

（通信）

氣候 陰雨

溫度

過諸伯緘台李田英諸君偕

伯英為我言張得雲南軍人書劉成勛恐將為存厚之續而熊克武之遇

劉成勛劉湘舒雲衢陳宏範也則寄望於石青楊廬錫卿顧德基

又言錦帆不受督軍委任而欲待北京政府任命之此大錯也又言張

已將唐蓂賡務助青楊錫卿德基於是占之從論地方整理之

道而退

香草師來与渦馬侍讀至夜八時退

日氣含殘雨雲陰送晚雷（杜審言）

自由當以智德得之（斯非的比里）

七月四日（戊午五月二十六日壬子）木曜日（即星期四）

提要（修學）

治事

通信

氣候 黄明欽之母杜夫人六十壽往祝　吴小来謂

姓 瀏覽日籍

溫度

黄蜂銜退海潮上白蟻戰酣山雨來（錢昭度）

不孝父母而盡情於他人無益也（梭格拉底）

七月五日（戊午五月二十七日癸丑）金曜日（即星期五）

（修學提要）

（治事）

（通信）得通一函由上海寄

（氣候）通一函成都述四川情形誠有如李宗璜所說者

午前訪佩嚴遂詣香草師議定購華成盟聖公司股份五股比交股

金兩千圓餘尚欠款或將來以股票抵押現款若干補足之

往訪李彌青沈問梅　偕飯師暨中山先生過滬伯以通一來服視之

訪高公若許協揆及伯為　又訪李正東邵元沖

（溫度）元沖海濱偕飲於介石家就之夜十一時半返

風翻半浦亂荷背雨放一林新箬梢（陸游）

讀書最怕是自滿（許祥齋）

七月六日（戊午五月二十八日甲寅） 土曜日（即星期六）

民國七年
學校日記

提要（修學）

氣候 食性

溫度

楊伯琴來訴挹帳

得伯琅寄來陳振信函而張去一字也

夜飯 香草師家

妹倩郭仲軌還蜀 仲軌以去年春至北京居數日南之鎮江客於柴潛

秋局蕩蕩不得志護法軍興梁啓超總長財部凡稅權率以研究會

黨人嘗其任周竺君遂辭去鎮江常關監督而仲軌非是未能容吾備

思歸久矣今日倉卒成行吾未及送之恨恨贈路費金百圓慮道路不消

初無物以獻吾母而寄吾妹也外備金五十圓作仲軌抵成都用度則

假貸耳 論青受託而誠懇以應我可感極也

（事治）

（信通）

静安電賜中與張肇流
陳振叶偕人勝至
伯琅偕來

臨風卻憶江南客納屐輕衫笑倚樓（郭槃）

七月七日（戊午五月二十九日乙卯）

日曜日（即星期日）

澹素若性 奢靡伐德（明仁孝文皇后）

提要（修學）（治事）（通信）

氣候

過樊卿子蕤赴張石麟家

飯師夜來吾 師過稼柳矣

瀏覽日籍

姓

温度

蟬聲集古寺 鳥影度寒塘（杜甫）

爲法律所保護者方爲權利　(赤林格)

七月八日(戊午六月初一日丙辰 京城上午七時十八分小暑)　月曜日　(即星期一)

民國七年學校日記

提要	(修學)
	(治事)
	(通信)
氣候	訪留日學生牟鮮于常張諸人
姓	聞吴山不能償屋租金晚以十元
	吾妻右臂跌傷不愈特令田兒侍其母赴伯庸醫院以電氣治之大女垿
	四幼亦往
	購縫紉機器俾使女輩自製衣裙也
温度	

南風吹南枝一白點萬綠　(龍廣寒)

七月九日（戊午六月初二日丁巳） 火曜日（即星期二）

提要（修學）

（治事）

得伯琅函

（通信）

得四弟書（於上月十八日寄）

寄四弟書（掛號）

候倩晁丈

氣候

瀏覽日籍未如課　課女輩書

四弟函稱川省行政公署備文促謝持赴廣州開國會由縣公署轉發路費四百金此在省內者取便於己而未計在外者之不便也以為不還取得路費而止耳（

函又言德華姪已學步能行吾母撫孫而喜可以知也

溫度

寄四弟書詳告以處理家事之法總綱賣業收債以償債納捐也又囑四弟留議員路費四百金除分贈諸姑諸男妗及親戚之貧者百七十五緡錢外所餘畢以償債

五弟次子小字德直擬易之曰德堉而名之曰家恂又擬名五弟長子德華曰家恒四弟子德和曰家琰又擬并吾弟兄之子而次序之

贈妻兄煥堂錢百緡借予傅氏錢廿緡所以慰吾妻也

善人者不善人之師不善人者善人之資（老　聃）

七月十日（戊午六月初三日戊午）水曜日（即星期三）

民國七年學校日記

提要（修學）

（治事）

（通信）

氣候

過袁合極遂過石芝師

曾天守來訪見之乃非少年而四十歲許人也率其子俱至

溫度

萬頃波光搖月碎一天風露藕花香（黃　庚）

七月十一日（戊午六月初四日己未）（出席）木曜日（即星期四）

士須根據特立把持得定方能有爲（楊椒山）

提要（修學）	氣候	姓	溫度
（治事）			
（通信）			

課女輩學晚覽日籍
淡游及進芷沅鄂人黃明清之友名敏先後赴之
淮仙宜昌來函竟不能乘安南石油船也

竹裏煮茶清響發樹頭安榻午風增（李贊元）

七月廿二日（戊午六月初五日庚申　初伏起）　金曜日（即星期五）

提要（修學）

（治事）

（通信）戚雪廬

氣候　午後一時將軍政府軍事內國公債票金額壹百捌拾萬圓之券及王倚

姓　夫代王安富領債券貳拾萬圓金額收條壹張並送交滄伯手收

以清責任蓋滄伯將謀與法國兵船還羁猶有成議臨時倉

李故交之使事前部署也滄伯言續日將揭總收據予報

扶石芝師范仲愷觀家（原名愷卿石芝師之女婿）陳夢松之台飲於杏花樓

溫度　瀏覽日籍如課

途遇褚蓀僧焦希孟謂七月二十日前後或能足該定人數應与褚

給偕赴廣州

雪廬僅境如彼而依我之令後動頗難覆書惟寬解之且進以自

貴乃流

七月十三日（戊午六月初六日辛酉）

土曜日（即星期六）

提要（修學）

（治事）

（通信）

紀候

宴王石麟嚴伯庸陸石芝師范仲愷陳夢松朱伯為高公玖曹克明諸人於都益處

外

瀏覽日籍

溫度

卑以自牧廣以下人方有學問可言（張楊園）

七月十四日（戊午六月初七日壬戌）

日曜日（即星期日）

民國七年學校日記

提要（修學）

氣候

溫度

過滄伯通，敏卿未返，得滄伯收據，於是公債券經手責任完矣。

治（事）

通（信）

今日江頭風色惡，碾車雲起風欲作（蘇軾）

人之幸福心神快樂為上身體康強次之（意司連西）

七月十五日（戊午六月初八日癸亥） 月曜日（即星期一）

提要（修學）

（治事）

（通信）發孫伯蘭

氣候 四分依據入大同學校補習英文

訪鄧大中（鶴卿）張左丞

閒佩年攜孟粟世棣以今日至上海薄暮進謁 香草師而佩年未至

姓

赴伯蘭處議事所議者不必議也（猶我主席之說） 其後見其南陳光遠

溫度

戰守兩以吾說進彼數人者不動歸來再寫啟川嘗伯蘭言之

中之要言「斷不能使陳光遠」領贛省光遠之隸率師守嶺南為段祺瑞戰

又曰陳某不戰若足下運用非善則或者欲說協和陳某而戰則完全欲

說段祺瑞也」蓋協和驕淌而志在進據江西又恃人之功一蔵而百不明白

斷伯蘭實非答光遠也

雨過澗落雙虹白雲合山餘一髮青（陸游）

學須才也才須學也非學無以廣才非才無以成學（諸葛亮）

七月十六日（戊午六月初九日甲子）火曜日（即星期二）

民國七年學校日記

提要（修學）

（治事）

（通信）

氣候 朝謁 香草師勸慰之

餘 訪玉章獻文不遇 晚再過 香草師有抵室而佩年挈孟粟在棣至矣

而師含淚委曲以道不謂以師而遭家庭之變也 孟粟形容慘

怛欲無半點傷心淚 殊可異 十一時始歸

過吳山渭漁

溫度

竹深留客處荷淨納涼時（杜甫）

七月十七日（戊午六月初十日乙丑）

水曜日（即星期三）

民國七年
學校日記

提要（修學）	氣候	微雨			温度				
（治事）	吳玉章自敘汪精衛蔡貢在鄭毓秀在馬玉章質美而易被從、滬粵	之間者大抵為是也	謁香草師戒勉無累然累根伏潛然無動於中小子於師門形跡頗	疏而吾師關心小子之境遇出處徧於胥月惟累康未嘗接評令戒	之勉之而累保若視為無足介意蓋誠未可也遊遐佩主、常老九	老十之箴諍言行付之歎息			
（通信）									

綺語背道（李邦獻）

七月十八日（戊午六月十一日丙寅）　木曜日（即星期四）　民國七　學校日

提要（修學）

氣候　錢伯琅告以公債券業交滄伯　李叔堯得乃兄元白函滬伯電允匯款到東

京故託我通函滬伯問此事究竟

（治事）

小姓　丁景梁來談妻匪請事遂以五十金交景梁　敏師來

過滄伯民國日報經費不給擬寄傾（中）川中同志如漢章諸揚復生德基

諸錫卿謀所以備百用者我亦簽名

溫度　國會法定人數且足擬數日內之舉來

石芝師來

日本人游吾國者橫暴異於前日國之不競納侮如此悲夫

（通信）

錢伯琅　吳廉伯

急雨豈無意催詩走群龍（蘇軾）

開卷有益（宋太宗）

七月十九日（戊午六月十二日丁卯）　金曜日（即星期五）　民國七年學校日記

提要（修學）

治事

通信　得何振殿、黄翼殿書函
得王化成殿

氣候　黄翼增獲府人，姓黄氏，名翼，現任資陽縣知事，未嘗通問，今以書來，蓋應補叙議院議員類也，而与吾人有團體關係

小性

溫度

細乳分茶紋簟冷明珠擘荚小荷香（韓駒）

人品須從小做起（吳麟徵）

七月二十日（戊午六月十三日戊辰）土曜日（即星期六）

民國七年學校日記

提要（修學）

（治事）

（通信）

氣候

溫度

荷葉藏漁艇藤花罥客舟（岑參）

修身潔己不爲苟得（田稷子母）

七月二十一日（戊午六月十四日己巳）

日曜日（即星期日）

民國七年學校日記

提要（修學）

由法郵寄叔凝叔實偕初復生青揚諸人書

張瑞書官費歷四月謀游美皆要計也偕初主四川教務故言之

（治事）

（通信）

致叔凝叔實偕初復生
青揚

氣候

溫度

姓

雲獻好山青入座雨添新漲綠平隄（王淥）

萬事患其貪多萬理患其不貪多（羅信南）

七月二十二日（戊午六月十五日庚午）（中伏起）月曜日（即星期一）

提要（修學）（治事）（通信）

氣候

過佩手吳山遂飯吳山家夜飯香草師處郎武滇將北還京師師餞之也

性

稻慧生力促我[illegible]之粵似有感於我之枝遲之者假通訊處銀百圓

林鏡台還蜀將存之不遇而樊卿病矣

溫度

南園避中伏意適晚忘歸牆外谷雲起簷前山雨飛（同　文）

民國七年學校日記

朋友講學各求進學不可矜悻自高（施璜）

七月二十三日（戊午六月十六日辛未）　火曜日（即星期二）

提要（修學）

（治事）

（通信）

氣候

論中山先生請國會開議後吾人取何態度而中山則謂渠對於現在時局
姑置不問然同人欲行其主張亦率歸失敗不過浮沈而失敗不如有正當
主張而失敗者之為愈也則由同人自研究之可已

姓

溫度

七月二十四日（戊午六月十七日壬申　京城上午零時三十八分大暑）　水曜日（即星期三）

民國七年學校日記

提要（修學）	氣候	晴	溫度
	寫字　敎田兒御婦順母之道蓋田兒之婦自以為不得於其姑而吾妻則不快於兒婦之不近己由此行之勢日以疏之則離非家之祥也	訪陳雯裳張由介不遇	仲言忠甫
（治事）			
（通信）戩穀占九			

七月二十五日（戊午六月十八日癸酉）木曜日（即星期四）

民國七年學校日記

在職思其所司在義思其所立（辛毗女憲英）

修學提要

治事

通信 復錫卿可庭叔礙

氣候 民國日報寄任貫分發四川漢厚清楊錫卿德基後生諸人今日寄叔礙

加封分致

姓 過國中旅社有程西橋鄭雲基談救以鹽務

瀏覽日籍

溫度

披襟入座雄風滿把酒論詩畏日斜（汪道昆）

儒者立心以四海九州為量其功夫則自克勤小物做來（張楊園）

七月二十六日（戊午六月十九日甲戌）　金曜日（即星期五）

民國七年學校日記

提要		氣候	北	溫度	九十二度
（修學）	寫字　流覽日籍				
	四句鐘讀日本東京市長田尻稻次郎以品行見重於人故被選日人而猶重於品行不可小也吾若有警矣				
（治事）					
（通信）					

狂風欲折門前柳急雨爭鳴池上荷（高啟）

養心莫善於誠（荀卿）

七月二十七日（戊午六月二十日乙亥）土曜日（即星期六）

民國七年學校日記

提要（修學）

（治事）

（通信）

氣候 寰宇潤曉日籠

室中几席有熱若氣候總奇暑也

姓

夜福飯師不遇

温度 熱柱

雲散月明誰點綴天容海色本澄清（蘇軾）

愛國心必基於大義本於大德　（霍領布克）

七月二十八日（戊午六月二十一日丙子）日曜日（即星期日）

民國七年　學校日記

提要（修學）

（治事）

（通信）

氣候

滄伯偕敏師將遷蜀約過協平里商計焉

（遇王汝騫非議員通訊處初至自北京也）

晚謁敏師

姓

溫度

池外輕雷池上雨雨聲滴碎荷聲小樓四角斷虹明闌干私倚處遙見月華生（歐陽修）

不潔之室氣其害人殺人甚於刀劍（司美士）

七月二十九日（戊午六月二十二日丁丑）月曜日（即星期一）民國七年學校日記

提要（修學）

（治事）

（通信）

氣候

訪王汝燦，並聞江椿周浮至滬，並訪之

性

滄伯偕叔師赴蜀，送之。晚行滄伯爲我言鍊鐵事

溫度

小窗破睡茶甌淺　別院生涼午扇閒（文徵明）

士有賤衣鮮食而樂道者吾未之見也　（王　通）

七月三十日（戊午六月二十三日戊寅）　火曜日（即星期二）

民國七年學校日記

提要（修學）	紀候	雜	溫度
	午前過吳山居訪袁味舒黃家告以將赴粵漢傳之弟未	家書老母康健慨士侄家甚善四弟且以總司令公文寄我見可不可以 處理家庭出納雖与我相差甚微有不同要无錯誤	

（治事）

（通信）

得四弟慨士侄慨六日 舊六月

衙中鳥語勸沽酒衙下日長宜讀書　（黃庭堅）

積財千萬不如薄技在身技之易習而可貴者莫如讀書（顏之推）

七月三十一日（戊午六月二十四日己卯）水曜日（即星期三）

民國七年
學校日記

提要（修學）

（治平）

（通信）

紙候

訪鄭如卿泰廣穗江鄧文甫潤生

仲凱倣投資華廠但力祇能及一股之半而擬拼之吾股

姓

吾妻咳嗽作乾嘔嘔白沫其心理自以為病固無不起吾亦所以寬解

吾妻病若今日備牲酒祭外舅焚楮焉外舅今日初度紀念也

溫度

楚江巫峽半雲雨清簟疏簾看奕棋（杜甫）

自由由法律所許之力而成（西細洛）

八月一日（戊午六月二十五日庚辰）　木曜日（卽星期四）

民國七年學校日記

提要	氣候	晴	溫度
（修學）（治事）（通信）			

先君生日仍令供生花潔牲醴以祭設位樓西率吾婦以次拜思吾父吾母之遺容而悔當年之未能影相也　先君如不棄不孝今年七十一猶健矣兒孫繞膝吾父吾母頤之以樂乃竟使不孝抱終天之恨矣也悲夫

夜飲左丞弼甫和卿伯琴同梅元沖子義以酒蓋不得已之酬酢也

定東高農九之廣州行期爲三日

深院鈔書桐葉雨曲闌聯句藕花風（溫 林）

八月二日（戊午六月二十六日辛巳）金曜日（即星期五）

提要（學修）
仲執仲重必欲歸佑介之非聖祥

（治事）

氣候 陰

作寄四弟士俊聖祥書
伯琴閻梅谷餞潘洛之日姊生子彌月合詒紉見谷皆赴之
夜石芝師陳夢松范仲愷來匯金五百元期九月於富順自流井償之給以
收據如華成往稍入股金則此款即由仲執措償而計入附華成
半股之約否則當由上海匯歸以償也
啟黃俊生陳慶氏藻子材話其保護石芝師諸人行路
吾妻咳嗽頗厲由兒侍之赴伯庸醫院檢驗肺部肺無恙惟家
故獨而吾妻心理亦寬舒病不足療也

溫度

通信（發信）
發四弟士俊
收聖祥

民國七年學校日記

欲成其大當謹其微（明仁孝文皇后）

八月三日（戊午六月二十七日壬午）土曜日（即星期六）

民國七年 學校日記

提要（學業 治事 通信）

氣候 性 溫度

論中山先生請其所旨明謂國會陷李陷於失敗地位失敗無傷唯不可不力持正義餘事吾國無所於主張也覺生從嵘副總統之議中山大不謂然偽有詐說其不可者且曰如果嵘為副總統則吾必厥十國籍矣

午吾與安特治酒為我錢夫妻之愛先而瑞篤而田兒輩亦依依如孺子家庭穆然和悅之氣也

後一時許別家人出門仲凱仲言四妹吳山公孝田兒皆送比至江干則牟居候王之貞張左丞亦相送也三時船離岸遂不見矣而諸人猶未返也　吳淞口外大風小汽艇頗蕩漾登日本汽船高麗丸入二等客室三人瑞遂居一等客室

黑雲翻墨未遮山白雨跳珠亂入船（蘇軾）

八月四日（戊午六月二十八日癸未）

日曜日（即星期日）

民國七年學校日記

提要（修學）

昨夜熱度未減寢時開窗且搧電扇而不能覆衾遂以感風精神不適午後大眠終日倦倦矣

夜見吾母

（治事）

（通信）

氣候 海上陰夜雨

溫度

花應洞裏當時發日向臺中特地長（韓偓）

不經意之爲害比無識爲大（佛蘭克令）

八月五日（戊午六月二十九日甲申）　月曜日（即星期一）

民國七年學校日記

提要（修學）

（治事）

（通信）

氣候　陰雨

溫度

略々海風作不甚船大微盪客有健者各出立於外与三數人立譚帆幕之下觀風雨之飄搖隨波濤之起伏覺天地悠々而萬感集矣

風浪惟汕頭之外臺灣海峽較平靜

江船交周潤生行倉卒其行李皆遺以衣々之

秋近蟲聲亂夜霜隨月低（僧惠崇）

八月六日（戊午六月三十日乙酉）火曜日（即星期二）　民國七年　學校日課

提要（學）	治（事）	通（信）
		成田兒書片

氣候

又晴二等客位未登舟頃今晨始一應覽高麗丸小於天洋丸噸數亦一萬一千八百九噸與吳藹林兵大自早八時抵香港口外十時入港偕張大同酒店飯於雅陶陶酒家遂登山頂上下皆乘電車貝時雲封諸山下瞰北海游人衣霧盡濕俯見九龍港中船舶如小島細石點綴水中而港水若淺灘但大船行速航後尾之次

食兩

溫度

縈紆有光山頂巉巖絕壁兩大道如砥或凸或坂盤行上下而人洵善於治若手出人工財力皆吾國之人也嗚乎

夜九時乘廣西輪船離香港赴廣州大風

告田兒安抵香港　昨夜見吾父

衆議院開議已足法定人數也

欲得獨立須由德行（倍脫辣克）

八月七日（戊午七月初一日丙戌） 水曜日（即星期三）

民國七年 學校日記

提要（修身）	氣候	溫度
（治事）	陰微雨	
（通信）		

朝六時半抵廣州遊晤玉章伯琅謨蘅諸人 晚林子超居覺生

移居士敏土廠前大元帥府也

得渤山錦帆翼塘電 得士逸振中牘

昨夜又見先君子 晨日之夕夢見先君子也屋於江濱沙磧室若丁形

宇房中丈床無數而先君子趺坐一帳中如臥病者家境似當蕭條

之會昨夜夢見先君子也則陳尸屋隅左足無諸板外有蠅飛止

不孝前驅蠅正先君之足非板有一人與不孝並行者為誰矣其人

詰我何尚未殮而棺蓋具将之情固已棺矣而吾妻陵出先君尸於

棺之不精而加以漆也故以實告之而不孝覺矣年來汨沒人事自

損性情漸以涼薄久不夢先父母先本生父今夢矣而如此悲夫

殘蟬不斷知秋近 雙燕歸來伴晝長（陸游）

多聞則守之以約多見則守之以卓 (法言)

八月八日 (戊午七月初二日丁亥 京城下午四時五十四分立秋) 木曜日 (即星期四)

提綱(作)

要(學)

(治事)

(通信) 電黃冀培 復田兒

氣候 小雨 微雨 溫度

參議院開議之日已足法定人數也當抽籤定位次時雷聲殷殷然雨油然而至所以震澌食頃殆天人相感之謂歟

散會即赴長泥訪玉章獻文治文潤生新甫田愚廖旋伯

電促冀培 告田兒以院居河南照議院開議

歲華過半休惆悵且對西風賀立秋 (范成大)

飲食必慎節　字畫必楷正（張思叔）

八月九日（戊午七月初三日戊子）　金曜日（即星期五）

提要（修學）（治事）（通信）

氣候　兩院聯合會開會討論此次國會在廣州開會宣言書之起草院法中無聯合會之規定而國會不能對院外發表文字並現在無公布執行之機關故不得已援據先例而用兩院聯合會也

晴雨

林子超倡建黃花岡七十二烈士碑亭而募捐吾既捐二十金復勸吾川同人以及非有衆覺生宴客西濠故易集游也

溫度　成都寄來戊午週報不知誰氏寄予者檢其內容頗欠豐富

萬里因循成久客　一年容易又秋風（陸游）

民國七年學校日記

八月十日（戊午七月初四日己丑）土曜日（即星期六）

民國七年學校日記

提要（修學）

作書致濬伯

（治事）

（通信）

致濬伯電度

氣候 陰雨

溫度

午十二時飯后逸渡海（明發日渡海）舟甫次海心而風雨暴至余所乘小舟也幾覆溺危數矣舟子色變余亦惧幸得救於紫洞艇繫纜焉衣盡濕而不苦嘗甚危也楓自嘗曰余何辜葬於江魚之腹耶能得生耶 詳賬舟中板嘉一覆搭拖板求活若有謫亦天耳 境至於此其苦誰喻昔被逮北京不終過也風息雨微始泊北岸 過五章及章遠亭又過濱倩游人遊電錦帆雄議貢未果

學問至精進時當覺得自視欿然便是功效（彭兆蓀）

八月十一日（戊午七月初五日庚寅）（末伏止）

月曜日（即星期一）

民國七年 學校日記

提要

（修學）

（治事）

（通信）復徐夢巖

氣候 陰雨

伯琅來遂偕訪徐夢巖倘亦不遇過陳仲謀熤為陳智若無罪而被羈

係遂与琅弟致書於夢巖

國會擬於宣言書中承認軍政府列為專條非法律不通也竊意莫如

刪去專條而渾其詞庶幾不背法律遂草意見書昨夜屬草

今日續之而猶未成文

溫度 為伯高報到

雨收三伏暑風送一帆秋（陳天錫）

八月十二日（戊午七月初六日辛卯）

月曜日（即星期一）

提要（修學）

（治事）

（通信）

紀候

訪周星甫與易上海鈔幣從此參議院秘書廳郭安以公事出外會晤為已到院者商諧儒堂於是乎決

小姓

意見書脫草寫而讀之蕪陋殊甚十年不握筆為文不自知其退之至此極也此業不可荒廢況學業聞文章而寒以十年乎半日聚精而竄易不勝自覺竄易者比於原草為進

溫度

玄蟬咽露驚飛葉烏鵲披星欲渡河（陳繼儒）

儉以益勤勤之有餘勤以補儉之不足（王華敬基劉氏）

八月十三日（戊午七月初七日壬辰）　火曜日（即星期二）

民國七年學校日記

提要（修學）

氣候　晴　略似

溫度

朝如廁大便不通兩鬢少陽作脹午前十一時又如廁大便略通午後復常

大概飲食不良所致

將意見書寫交參衆兩議院腰部微痛如過勞者十年不切磋文字

措意選詞頓覺苦鈍思不銳而筆此花見知無發者之因

讀日籍僅盡十三頁總因任篇請篇

（治事）

（通信）

千家閉戶無砧杵七夕何人望斗牛（李嘉祐）

子弟出門不遺父兄以憂慮（張栻閣）

八月十四日（戊午七月初八日癸巳）　水曜日（即星期三）

提要（修學）

（治事）

（通信）

氣候　小住　下午四時許雨　溫度

沈衡山約飲六榕寺城西北花塔街　游六榕為二度也衡山游之嘉與人究佛氏學六榕寺內有六祖銅像有安南所刻玉佛三枝衡山齋於寺業用素蔬不及肉食飲用水不及酒醴寺僧鐵禪出其所藏舍利子一有明宣德間某僧手寫妙法蓮華經字體如新無一字訛落有清康熙初平南王批牘鈐印皆可寶貴者鐵禪鼓木琴一曲聲若金石至方環山王孟端之畫董香光劉石菴之字其跡皆有可觀

騎紫背天葵散遺楊艽伯天葵止血紫背良上海不得故搶伯說我亦之廣東蓋肇慶產也記覺生致之中道遇雨

梅谷約飲夜十時約半渡海歸

吳玉章告我以廣州城內法國領事舊館開辦學校法領事已諾很了　夜大風

秋來未幾風日已淸亮（蘇軾）

明德為本學以治己新民為末學以治人（羅倩南）

八月十五日（戊午七月初九日甲午）　木曜日（即星期四）

民國七年學校日記

提要（修學）

氣候　大風雨

溫度

中華民國國會廣州集會宣言書審查委員所改正者以言文則無生氣以言法仍不能通遂擬草修正案　昨夜已用思於此睡眠未得安息也

大風雨自十時頃始適時益烈所居庭中旗桿斷折樹之拔者折者宅前後約四五株燈樓縣之窗破欄毀而海所則深者沈者覆者滿目皆是去年到百粵以來未曾見也午后四時稍斂然海中風浪尚使人畏遂盡同居四十餘人不能赴議院列席

瀏覽日籍盡二十二頁

陳汗園為言周雲祺之行是烏乎可主持女子之教育者遂函田兒止慶着齡

孫母再入國民國女子工業學校

（治事）

（通信）

示田兒一函片一函

復陳振中

人間秋光七月九萬里新涼到槐柳（事文類聚）

光陰者供人建築之材料也今日明日者木頭石片也（郎克夫士頓）

八月十六日（戊午七月初十日乙未）　金曜日（即星期五）

提要（修學）（治事）（通信）

氣候

有風午後可渡海然心懶之不敢也提修止實蓋昨日未用議故

假肉潤生君新有如今〔明〕日果行則應借我有金託潤生代給

小姓

猶有的事消遣遂半日功夫消磨於無所事事

所居飲食幾不可入口

溫度

北京政府公布金幣券條例偽外交總長兼交通總長助段祺瑞所成之亡國辦法也蓋吾國無現金且國庫空乏并銀無之而偽政府借日本朝鮮銀行金紙幣為發行金幣券之預備金不借現金而借紙幣已可駭矣乃又言諸朝鮮銀行吾國人欲兌換現金者先執金幣券赴朝鮮銀行換取該行金紙幣然後以紙幣易現金此種辦法直為代外人銀行發行金紙幣耳而止構貸而始得之也賣國奴之肉寧足食耶

喚客煎茶山店遠　看人穫稻午風涼　（黃庭堅）

才學兼備而無德則爲人所輕 （附傑新）

八月十七日（戊午七月十一日丙申） 土曜日 （即星期六）

民國七年 補校日記

提要：（修學）（治事）（通信）

氣候 晨海訪潤生偕文郁甫 新甫改期明日偕李獻文運川 赴迴龍社以上海帶百圓託鄉

任交付田兒撤臣小姪子華三人將返上海

性

訪吳蓮伯謁張千濤王有蘭有蘭已選入農林試驗林場任軍政府職務吾寫此

者有關於前軍府時嘗通電斥國會非常會議爲非法機關不任非法之軍

政府秘書職也可以觀人格矣 蓮伯告我鄭泰祺字筱和已行抵此矣

溫度 王儒堂亦來往事須秘余則謂非將參議院議長虎有辦法儒堂不可行

蓮伯又言靜安有兩電中言渠係擁戴陸榮廷者託蓮伯爲之道地於陸蓮

伯置不發言將且斥靜安聽若頗難爲情

五章遊客南園始之

行看野氣來方勇臥聽秋聲落竟慳 （王安石）

修身莫切於謹言行（明仁孝文皇后）

八月十八日（戊午七月十二日丁酉）日曜日（即星期日）

民國七年學校日記

提要（修學 治事）

（通信）得田兒書（七月二日發）
得鄒吉人書

氣候 朝起即北火車送獻文浙浦九行已改期翌日遊起正洲略濟通事

晴 訪梅谷介箸程傳孟伯遊訪豫園諸人 午應□□國之召 夜應玉章之召玉章

錢獻文招甫徵在粵鄉人宴見

過吳鐵城投身實業之見有相同者

田兒來函以其母咳病漸瘥告仲執妹丈仲言之姪兩人偕石先師范愷亭（史字仲愷）

溫度 鄒吉人陳夢松西還四川行期八月九日仲執仲言因我電召之故相率東出

而東南而北事乃違吾夙期重以世亂路途不通遠滯上海吾心滋疚也

令勉強從道惟祝得天人之相安依里閭而已

鄒吉人與吾相左以俄事上海取錢之妥細

排含爽氣三秋首莫吐中心一葉新（李商隱）

一九一八年

見人耳語不可輒聽（申涵光）

八月十九日（戊午七月十三日戊戌） 月曜日（即星期一）

提要（修學 治事）

氣候 晴 夜雨

溫度

國會宜否書決議其中頗有修正吾所上張刑去第三條之修正案僅以反証表決而通過之非以見事理之難明也而然人之有所蔽者又私心測余宜其難矣

謠北京復辟馮國璋段祺瑞逃至天津徐樹錚為張作霖殺死南京對於北京延兵否出探之則不能徵實上海有報告北京消息者謂復辟之變終必再見而已

以靜安電匯伯事告吳山 叔堯昔者沆詢匯伯匯款事覆之 滄伯既行其眷留於上海特發其子右銘詢揚先伯病狀滄伯行蹤

勉德堪收子處置事物較有進益也以鄉吉入原發囑德堪存之

通信

示田兒
發吳山函 叔堯 右銘

長天如水淨纖雲明月含輝樓秋景（僧契嵩）

民國七年 學校日記部

萬物皆備於我爲學先須立大規模(張楊園)

八月二十日(戊午七月十四日己亥)　火曜日(即星期二)　民國七年學校日記

提(修)要(學)

(治事)

(通信)

氣候　陰小雨

之東山訪友張魯泉一人在家遇雨遂久譚

劉禺生來譚謂羅家衡諸人頗思爲宣言第三條之刪削而不虞昨日之演說也此言而信明約私枉法之見南北實一邱貉矣

溫度

軍人以勇耐守法爲本膽力其次也（拿破崙第一）

八月二十一日（戊午七月十五日庚子）　水曜日（即星期三）

民國七年學校日記

提要（修學）

勗四幼為學四幼有恃其天才之優而不屑己師人者

與田兒言優若姊妹選擇學校之謂

（治事）

（通信）

示田兒

牋四幼

氣候

雨

北京消息寂然

夜寒未眠甚矣自治之難也

國會宣言書前日決議由兩院擬稿經將文字乃竟毫無生氣

溫度

此將何以感動國人耶

睡起秋風無覓處滿階梧葉月明中（劉翰）

八月二十二日（戊午七月十六日辛丑）　木曜日（即星期四）

提要（修學）

（治事）

（通信）發四弟

氣候　小晴

昨夜失眠今日終日昏昏在夢閒矣晚應林子超田梓琴鄒海濱合飲照

霞悠議成立俱樂部

瀏覽日籍盡三十頁

不得四弟書久矣思之甚切遂作書

溫度

君子不遷怒不貳過（楚野辯女昭氏妻）

八月二十三日（戊午七月十七日壬寅）金曜日（即星期五）

民國七年學校日記

提要

（修學）

（治事）

（通信）
復雪壁

氣候

檢雪壁前書重有感遊蹤歷之以悲居苦也且略及康某代頊華

姓

作家書及購地欺詐事

瀏覽日籍盡四十頁　所論美英德三國之工業也

溫度

涼聲度竹風如雨　碎影搖窗月在松（文徵明）

八月二十四日（戊午七月十八日癸卯 京城上午七時二十四分晨昏） 土曜日 （即星期六）

提（修） 要（學）

（治） 三 （事）

通（信） 殷田兒

氣候 請古文工部符

檢呂後地方制度草案

姓 瀏覽日籍 所論德英日之農業也 英國大農 德國中農 德國農事

試驗場徧於全國

溫度 擬聘吳山教女師國文 求爲田兒言之

言語流暢不足為智慧之據 (英諺)

八月二十五日（戊午七月十九日甲辰） 日曜日 （即星期日）

民國七年學校日記

提要（修學） （治事） （通信）

氣候

久未渡海早餐後赴同龍社又過江始天晚應王湘諸人之召飲於家

樂園

姓

王正廷以副議長赴美正廷專事巧滑祇足為國累耳是行也限

不然如所期

伍廷芳與鄂議員某某等謀迎黃陂來上海見辭職書於議會

溫度

然后由議會留之且有謀舉黃陂繼任者蓋伍岑之爭烈矣

又有議和之說岑猶得副徐世昌為總統以去云大亂不知所底

忽得病疾

照霞假略與競生梓琴道滇南黨事

風生江浦千帆曉月落山城一笛秋 (陸游)

八月二十六日（戊午七月二十日乙巳） 月曜日（第星期一）

民國七年學校日記

提要（修學）

古文淵覽目錄盡三十頁

（治事）

（通信）

發田兒
發伯琅

氣候

風雨

温度

處諸女之志不樂惟伏非家則非姑嫂能於一校不可交相規惜或能免上海惡習于為德謀言吾心虛受延委曲也

昨日未能過伯琅送餞之

洞天葉下涼颸凍天頑白凝不流（狄遵度）

世界大學校也困苦良師友也（腓伊里拉）

八月二十七日（戊午七月二十一日丙午） 火曜日（即星期二）

民國七年學校日記部

提要（修學）

（治事）

（通信）

得漢吉書（八月廿日成都）

氣候 雨

玉章來述西林之意欲余參議軍政府而未速勸軍政府改組而後定參議六人前日已由趙世鈺與林森褚輔成諸人接洽玉章以謂今變計將以西南各省為標準且西林甚推重余而又與余香草師之舊也玉章亦主余就之本無可無不可然他省何如未可知也非兄囑玉章以不遏余應之且當察其用意所在而議負之本分亦宜慎去就也

溫度

憲法會議談話會到粵後第一日也

雜看書讀不離背痛

亭亭宿鷺明菰葉閃閃流螢入稻花（范成大）

八月二十八日（戊午七月二十二日丁未） 水曜日（即星期三）

民國七年 學校日記部

提要（修學）

（治事）

（通信）

得田兒稟八月十五日

得吳山十六日元升廿日函

得李灼先廿日陳吉人廿一日函

氣候 陰 微雨

溫度

訪王孜寄 詳述梓琴為我言舉林子超議長當由吾人盡力圖之

擬組織俱樂部特談話士敏土廠決姑從吾川議員皆至遂有言之吾川俱樂部者而稱余索錢於王章

田兒稟吾妻咳嗽脫開已輒止矣留病當先安貼其心理於使營者悠悠吾妻肺部也尤信吾妻能永年家庭間可少一缺憾矣

吳山敘述至田也 元沖敘述午嵐死事節略及其所經歷

陳吉人敘告貸吾既貧而彼則狂賭不自愛安能應其求耶

皆為明理也理明為做人也（彭兆蓀）

八月二十九日（戊午七月二十三日戊申）　木曜日（即星期四）

提要（修學）	治事	通信	氣候	姓	溫度
			得成都一等電不能譯，祝錫深甚疑是錦帆所發，而又遲到，蓋七月十二日電也。 閱院日鏡盡三十八頁 化學工業鏡學十	為促舉子超為參議院議長，田梓琴約余及道腴海濱治酒，達其意於 本院全體議員	

蓮塘一雨過叢岸數蛩鳴（張耒）

民國七年學校日記

八月三十日（戊午七月二十四日己酉）　金曜日（即星期五）

提要（修學）

（治事）

（通信）
復書中山先生邵元沖
寄丁景梁

氣候
寄中山先生元沖景梁書
晤吳山叔堯　示田兒
大女來稟欲竟其刺繡之學許之　大女猶以四十之學費為言吾
女之心苦矣　俟予嫁大女欲索回往年贈我之像片其以為我以
治之而攜見以觀家也

姓

溫度
趙世鈺量之禍急於志中預說現之
訪黃眞民眞民以浙軍餉蒸未廣州遇龔振鵬周應時

與人反對者當使人注意不當使人憤怒　（英諺）

八月三十一日（戊午七月二十五日戊戌）　土曜日（即星期六）

民國七年學校日記

提要（修學）

（治事）

（通信）

發吳山叔東戌

示田兒慶女四女

氣候

昨四女以貧鬱〻，箴以廣之。大女文進矣。

雜

日本藉中日共同出兵條約橫行於滿洲里昂溪，且要求警察權，而發布民僑由日本軍保護矣。

午撰龔正洲、黃良民於照霞樓，夜接洽子經事於上院議員。

囑田兒為四女備學費，并籌大女竟其所學之志。

溫度

一夕驕陽轉作霖夢回涼冷潤衣襟　（曾茶山）

九月一日（戊午七月二十六日辛亥）日曜日（即星期日）

學然後知不足（禮記）

（提　　修）
（要　　學）

（治　　準）

（通　　信）得田兒家書七月十八日

氣候　得舒予鉊辰州來緘述其與予駋徙居常德桃源之險

兩風　復门瓜瞬物

田兒已從倩嫛二丈出京教君家諸女施上如未在我固得失半也倩嫛於廷五之獄不能搜得証據罪疑為輕救我待倩丈如初欲議我者因之而起但以教諸女亦有益

溫度　華成煙草公司將開股東大會田兒言當舉代表凡香草師及佩弇為最適

山頭孤月耿猶在石上寒波曉更喧（蘇軾）

天下興亡匹夫與有責焉（顧炎武）

九月二日（戊午七月二十七日壬子）月曜日（即星期一）

民國七年學校日記

提要（修學）

氣候

陳仲謀來談譯滇及陳智若之究推論陳其楷陳吉人之亂決

王天木約談話秘書廳為參議院議長事也其相有爭意余於其

相儒堂皆不滿逸不能如倘洩而出之退思是何為者耶大不

讀書無涵養工夫矣

（治事）

姓

訪蓮伯以吾人主張子銘議長事告之姚詢要其協力以策伯誘

推也而子琴語讀願游泗自是吾恐隋於毁也

溫度

託玉章寄函四川當道蜀人以官費留學美國者卒業而返已數

人矣四句總煜欲補其缺亦於學也故託玉章

吳山啟告詹伯已抵蜀函吳明

（通信）

致玉章

得吳山函

殘暑已消團扇底新涼纔到短檠前（王翰）

吾人爲學當從心髓入微處用力自然篤實光輝（王守仁）

九月三日（戊午七月二十八日癸丑）火曜日（即星期二）

提要（修學）

田兒文字略進，然別字四出，不勤用文者如此也。示之

（治事）

上香草師書，略言大局及粵局，又華成於舊曆八月廿日開股東大會，余不能往，別具委託書請香草師爲我代表赴會

致華成堅塗公司告寄代表也

氣候

邑廻龍社溪傳言江楼提議由四川公家每月助讓育若干金股給各派爲一體，甚用心最苦，其辦法則勘透，晚近人情業商於玉章

溫度

玉章已允云云，嗟夫，是亦可以已也

右銘發書丞逾伯於萬縣，有電云，楊老伯病大減

（通信）

示田兒 符樹人信牋

致香草師并委託書一

致華成堅塗公司

畫堂蟋蟀怨秋夜金井梧桐辭故枝（陸游）

德以達才才以成德（王集敬書劉氏）

九月四日（戊午七月二十九日甲寅）　水曜日（即星期三）　民國七年學校日記

提要（修學）	氣候	
（治事）		軍政府以公函函請我參議函中措語極隆重非署名者岑伍兩總裁而已政務會議決定而後發布之公文書何總裁不盡署名也
（通信）		陳競存賀其克復漳州
	雜	兩院聯合會開會發布第二次宣言籲不承認北京偽國會之非法選舉總統也余於總統任期及兩會不應稱馮國璋為依法代理
	溫度	總統有所議論稱代理總統一層余說竟不勝人之有苦且之心矣
		晚至大民旦報樓談以滇黔事正契並約次日偕訪黔人

萬里關河孤枕夢五更風雨四時秋（陸游）

不能二字非我法人所當用也(拿破崙第一)

九月五日(戊午八月初一日乙卯)

木曜日(即星期四)

民國七年學校日記

提要(修學)

(治事)

(通信)

紙候

偕呂天民訪貴州兩院議員說川滇黔三省聯合事 張蓮仙所評多打

穿後堂之語

姓

過玉章告以軍政府請任參議而公函署名總裁惟岑與伍義有難定

晤玉章乃不了之辭意速決

過迴龍社漢傑以鄉區子明印章交我

溫度

吳蓮伯趙其相合飲席間吳趙起言望兩院同人互相尊重互相規勸其

言則是也而蓮伯私居攻訐議焉此所以日即於禁

一聲蛩蟬歇數點青螢度閣紅秋無煙篙簡簟清有露(白居易)

世人之病半由於勞腦力而逸身體（特蘭）

九月六日（戊午八月初二日丙寅）　金曜日（即星期五）

提要（修學）

（治事）

（通信）符虞文箴

氣候

新軍政府贊參議還其公函婉詞謝岑伍兩總裁也

氣候酷暑疲極思睡昌生競生來譚而後知衆議院既舉副議長

姓

未能開會也遂渡海歷競生之名飲南園

北京偽國會已舉徐世昌為總統

溫度

高鳥黃雲暮寒潭碧樹秋（杜甫）

民國七年　學校日記部

九月七日（戊午八月初三日丁巳） 土曜日（即星期六）

提（發） 要（學）

荔丹賤 未寄

（收 信）

可庭賤 八月十二日
鄒吉人賤 宜昌 七月廿七日
吳念莪賤 上海 七月廿七日
田兒兩票 一八月廿七日 一八月廿九日
叔實五賤 一七月廿二日 一八月初一 一八月八日
俊唐賤 八月五日

氣候 訪丁鼎丞飯牛園

姓

溫度

得滄生電八月廿一日重慶錦帆不贊成軍民分治滄伯八月十七日抵渝滄生促通電促滄伯就職也電本并寄玉章〻〻乃謂宜緩須得錦帆同意而後發吾謂通電必已發玉章曰軍政府即得電亦主從緩惟分治辦法不能易耳

得田兒兩函內附叔實親家三賤荔丹一賤劉麟唐一賤可庭一賤鄒吉人一賤

得吳念莪一賤發憤於香草師之言論也

叔實荔丹麟唐皆言川省內容橫貳危機四伏也遂晤伯琅商之

真理不死（西黎明）

九月八日（戊午八月初四日戊午 早晨五時二十六分日出）日曜日（即星期日）

提要（修學）

（治事）

（抒情）小田兒

氣候

瀏覽日籍盡三十頁

酷暑不出門夜不能寐今年以是日始熱也

外

温度

清風水蘋葉白露木蘭秋（白居易）

民國七年
學校日記

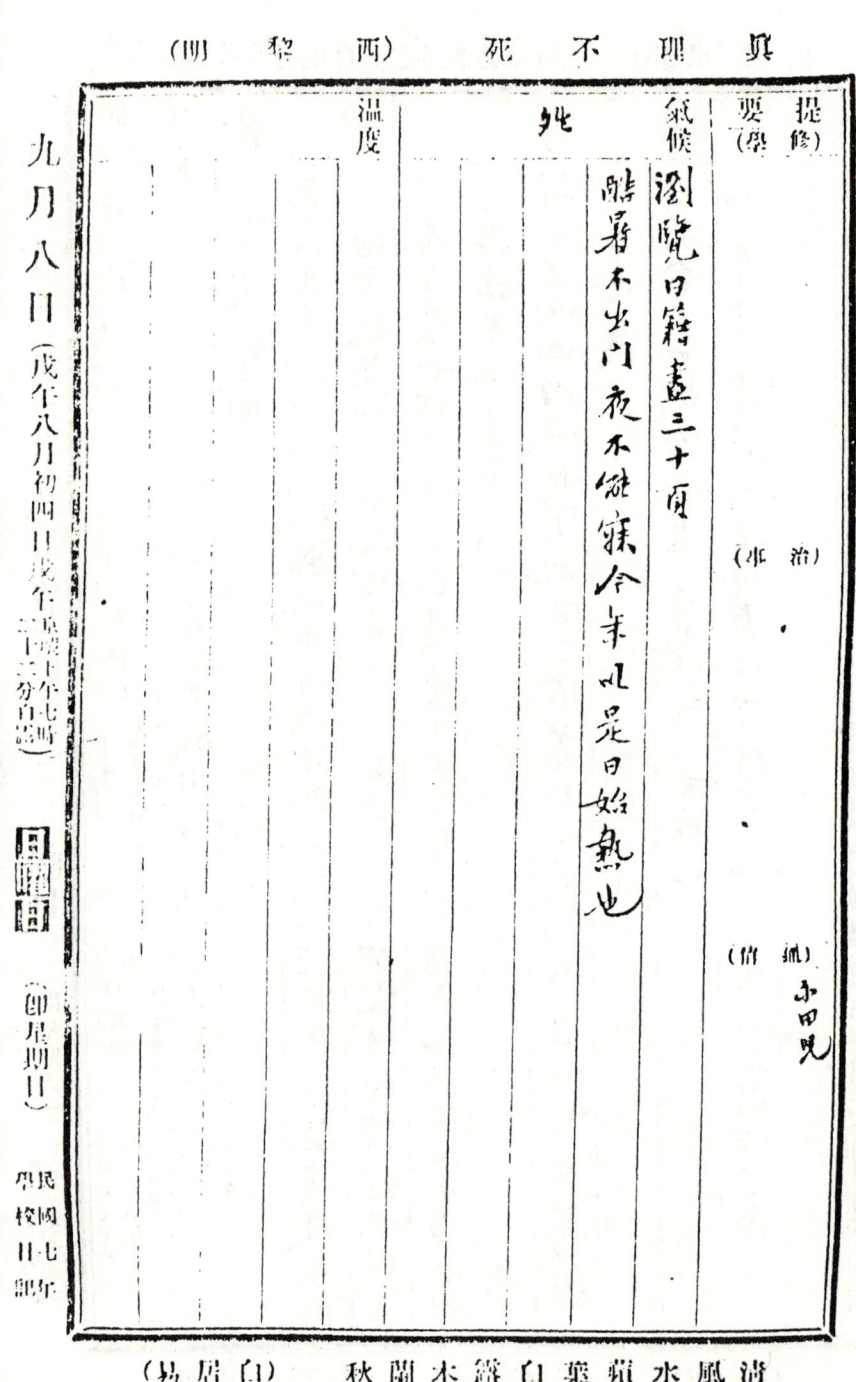

初學即當省昨日所業與今日所當為（張楊園）

九月九日（戊午八月初五日己未）月曜日（即星期一）

（提要 修學）

（治事）

（通信）

氣候 昨夜見川滇黔三省之議會聯合會通電午後遊歷訪川省議員以讀電及復生電示之諸人所見互異夜赴龍生之召與伯琅北居於粵籍國會員俱樂部伯琅北居皆主次日集川議員會商辦法

生 着瑩昌麻布衫以熱解而挂諸壁竟有誤著吾衣以去者所留衣則做而垢遂服陸榮尊之服而還物次日返之

溫度 湯化龍字濟武湖北人游美洲九月二日於加拿大屬地域多利亞被理髮師黃昌粵人刺而殪之化龍死不足惜殺身而黃昌可以傳矣古人屠狗

今日始徵實 誰謂今人不古若耶 化龍助袁世凱解散國會而任教育部總長助段祺瑞解散國會而又任教育部總長皆身為衆議院議長者也既助段矣又助馮而攻段小人反覆害而賣友其死宜也

晚色萬家烟 秋聲八月樹（白居易）

自是者其行專自矜者其行危自賤者其行驕以誇(明仁孝文皇后)

九月十日(戊午八月初六日庚申) 火曜日(即星期二)

民國廿七年 學校日記

提要	
(修學)	
(事治)	
(信通)	得田兒及四弟書各一
	得李叔堯快函
	寄四弟及仲航書

氣候

念四弟以久不得四弟書，愍吾毋不置。還股四弟，并將華瀛丁股及仲航

樹股事告之。仲航別時有樹華瀛股金半股，以其贏餘備繳實

兩甥將來學費之約。今得田兒稟，續納股金已繳矣，則仲航之約必

踐。故俄告之：其半股五百金，為文石先師謀我償井富鐵路公司借款

性

而由我入於華瀛之股，撥半股焉。

溫度

叔堯寄擬託我領乃翁公費，此不能辦也。

四弟亟欲遊美，擬兵任千金，志可嘉也，然徒急何益。

田兒告易倩潛二丈到上海九月一日。南女輩讀書事。吾妻為病大

半族與飲也。倩潛喜中醫，故田兒喜其能治若母病。

川省議會集商，昔派省長事，議決應訪王章猶在香港也。

初寒霽晴冷露一天新雁過西風(王有燉)

九月十一日（戊午八月初七日辛酉）　水曜日（即星期三）　民國七年學校日記

提要（修學）

氣候

偕川議員赴軍政府見西林秩儒兩總裁請電促錦帆滄伯就督軍省長職

小雅

赴參議院談話會

得滄伯電告抵重慶也

溫度

致倩懇謝其到吾家教小女輩并商教育之道

急于入北說吾碩盡力也又規其平矜釋躁下氣虛懷

示田兒止其人言不足畏之說

致叔堯

呂志伊邀西林及章行嚴意勸我就參議職毋固辭

（治事）

赴軍政府暨政學士模裳氏偉之各飲於南園

致四如勸其母

（通信）

示田兒

致倩函又及四如叔堯

體欲重厚色欲溫和（呂新吾）

九月十二日（戊午八月初八日壬戌）木曜日（即星期四）

民國七年日記

提要（修學）　治（水）　通（信）

氣候

訪王章甫聯合川滇黔三省議員事遂過地龍社与吾川議員言之傅幼俶

乃竊議以為是不過為楊滄伯運用耳度量相越豈不遠哉 如鈞告我

姓

瀏覽日籍倭書十頁遂寢

溫度

新酒已知社近熟秋鶯猶作傍簷啼（陸游）

夜半前一時之眠優於夜半後二時之眠（斯邁爾）

九月十三日（戊午八月初九日癸亥） 金曜日（即星期五）

提要（修學）

氣候

瀏覽日籍盡二十六頁

赴秘書廳議名赴滬各議員事 遜遐迴龍社往日所決致四川各電知競

尚未盡脫稿也

（治事）

（通信）

電滄伯

姓

電覆滄伯

溫度

雁行橫野月初上　桐葉滿庭霜未高（元遺山）

禮始於謹夫婦（胡清甫）

九月十四日（戊午八月初十日甲子）　土曜日（即星期六）

民國七年學校日記

提要（學修）

氣候　昨夜夢數人扎紙繪色如龍形長約數丈數人揹負之騰起蜿蜒空際折而下將歸於原處蓋因其遇風而墜故曲折下也先父母皆觀焉先孺人見其下也遂命小子焚香是兆不審何祥也

性

（治事）

牋許崇智介紹唐廓修若勸湘人助其軍

張蓮仙欲別推人為院事主任是不可行也

溫度　政務會議未牋并將公函取還於叔勳就參議之職稍ゝ難取已

丁惟汾張瑞萱來訪不遇

（通信）

牋許汝為

屋東瓜蔓已扶疎小石隴花破蕚初（王安石）

九月十五日（戊午八月十一日乙丑）日曜日（即星期日）

提要	
（學　校）	
（政　治）	
（通　信）	致重慶諸友

氣候	
姓	訪玉章不遇途遇孫寄長譚午樓名闓汝寄作主人也汝寄少我一歲 過道腴別之出過尚鎮圭字殿侍遂再返海珠公園殿侍特言川陝滇黔四省聯合之必要擬由國會議員於廣州發起之 長成寄叔擬滄伯復生叔實閑士敏師別介成可庭錫卿荔丹甫唐
溫度	讀莊子逍遙遊略能通之

聖賢教人須從豪傑上做起（王夫之）

九月十六日（戊午八月十二日丙寅） 月曜日（即星期一） 民國七年 學校日記

提綱（要舉）

氣候 昨夜見吾父夢中

軍政府以出入證至則受之矣 軍政府十二日覆馮國璋文電詞雖不諱然

小注 進取之氣索然所謂暮氣者深也

讀莊子 游東山訪北居對三文山鼎丞天乙均生及李文治 以舟往潮

退而舟不我待遂以步還 瀏覽日籍數頁

溫度 得吳山嶼有某太公九月六日午後三時棄世語嗟夫其滄伯之老父

耶吾度之吾重度之要臣中來矣

得妻姪鍾桂光嶼得乃翁令促還家而桂光乃欲待吾夫婦歸時始還

是重違其父母之心者也遂寄書田兒為備路費為擇伴偕商

於吾妻促之速還

（治事）

（通信） 得桂光書 示田兒介女齡女 寄桂光書

桂子風高豆雨收才經三日是中秋（韓黑大全）

九月十七日（戊午八月十三日丁卯） 火曜日（即星期二）

提要（修學）	氣候 小雨	溫度 涼
瀏覽日籍去五三十餘頁		

（治事）

衆議院選補辦成為副議長

赴本院秘書廳邀同人之談和議者大有風雨欲來之狀

（通信）

黔人閔聲曾字季騫來訪有曾慕韓詩之介紹函季騫日本留學生也此次以代表游粵籌救國報經費也談最久其人有條理而与德堪識

學者須有日用恆久循序漸進工夫（李光地）

九月十八日（戊午八月十四日戊辰）（秋社）
水曜日（即星期三）

民國七年學校日記

提要
修（學
治（事
通（信

氣候
食
溫度

吾黔參議致岑伍兩總裁書今日新聞紙竟揭而出之不知者將以我邀名

出席議事

赴參院談話會遂過伯琅

陳炳堃以詠未喪母也遂為之分致

銀漢無聲露暗垂玉蟾初上欲圓時（孫明復）

九月十九日（戊午八月十五日己巳）（秋節） 木曜日（即星期四）

提（修） 要（學）

（事 治）

（信 通） 寄四弟書

氣候 中秋令節也 作思弟函作書勉四弟五弟

食 雨無月

溫度

今節心地開通讀新聞紙見指日本之出兵北滿而橫行也

午後訪閔季齋雨至過江紹文總評實業之益後會於松聲書舫治酒

慶節吾川諸賓皆在五章為主人也風雨滿江噴帆泚墨

朱伯元以令節不飲冒雨就之意甚厚不可卻也

楊淑章若馬遂人能而落魄然其人極鄙數數未干事今日竟以

其與衣之錢餽我月餅一個拒之太甚則不可受之則不安如

何如何擬異日酬以金也

北居旅宿艇中人聲檣聲水聲相嘈雜徹夜不眠

中秋雲淨出滄海半夜露寒當碧天（許渾）

心須樂而行惟苦學問中人無不從苦處打出（劉念臺）

九月二十日（戊午八月十六日庚午）金曜日（即星期五）

民國七年學校日記

提要

修（學）

治（事）

通（信） 得吳山書 十三日

氣候 陰微雨

吳山來書答父者竟滄伯也滄伯恨無窮矣悲夫自言革命后舉皆爲無父母之罪人吾父吾母爲不孝而死也故滄伯之還罵無及乃翁之痛吾輒不敢於行上贊一詞焉終天之痛不孝能任之矣今若此滄伯悔恨固至痛不可說而吳山尚哀哀非有長久之交就筆知勸之歸者皆有救天下不孝之辜乎焉乎革命

溫度

吾本生也不能遠行小子不能立將歸去將未歸也居家久將當赴四川政象決焉焉乎革命吾殆進退維谷矣孔子曰一則以喜一則以懼

奕有進然傷腦甚矣夜與彭臨九話吉林風物山川習俗

讀莊子齊物論往者不通其意觀郭子玄象註略有能通之者

谷口樵歸唱孤城笛起愁（杜甫）

一息不戒災害攸萃（明仁孝文皇后）

九月二十一日（戊午八月十七日辛未）　土曜日（即星期六）

民國七年學校日記

提要（修學）

氣候

奕三局而不勝此服公其戒奕乎

孫伯蘭前不承認徐世昌被選為總統之電文謾罵徐世昌極矣法律

今之關係當就法律立言而已足涉及人身可不必也今觀徐世昌之電

文則詞挾風霜語訓与誠諆并至世尚阿腴巧滑也久矣伯蘭可起

而振之徐世昌而非無恥也宜納其言

溫度

讀齊物論

（治事）

（通信）

天台桂子為誰香倦聽空階夜點涼（蘇軾）

九月二十二日（戊午八月十八日壬申）　日曜日（即星期日）

提要（修學）

（治事）

（通信）
得田兒、四弟及仲軌書
得中山先生及吳琨書

氣候
仲軌自宜昌來書告（今七月廿一日）行動之苦極矣，而謂石先師之不康。石先師不康久矣，仲
軌謂之一是也。然以如是逆謂我備石先師公司借款可以汎絕，則過矣。
因見皇之非我之病，又從容家從之鹽城，又言淮伯丁外艱，而偶太夫人欲秘其喪，
不使淮伯知也。又言九月十一日已得吾弟家書。

食小姓

四弟言游美事，其文與字皆進。

温度
復田兒、四弟。從家嵩通盤籌畫一、用度之省與簡二、吾妻之離兒女家族而獨
居異鄉，皆不可能之事。囑四弟以教育部規定游美學生應出
叔實親家
瀏覽歸農川文。作闻於解釋經統任期，答兒書牘，已午夜一時後矣。
軍政府總裁邀兩院議員茶話，赴之。

民國七年學校日記

九月二十五日（戊午八月二十一日乙亥）水曜日（即星期三）

提要（修學）

（治事）

（通信）

氣候

姓

溫度

午後擇總理書朝夕痛於足夜十二時後寢不能安也

李蔭林來訪并餽紫金縣土物蔭林以紫煙每質而紫金佳也蔭林

四川人名繼譔候補粵東吾受茶葉一包而退甚雲霧茶草茹

訪競生商約集同人討論中山先生就職事郭守鏡所提議也競生

以粵人反對吳易省長見告而出甚奧議貢致軍政府書所持法

律說未嘗不是但此事將如何結束即且謂中山先生受影響矣

睇玉章玉章憤然作色曰人謂中山派搗亂吾正玉章乞派玉章等

然乃云渠亦規軍府中人勿作此語

本院扺抗會決定下禮拜一日開正式會

湯游焦易堂朱念祖相

与討論令修政局

學也博誦云乎哉必也貫乎道（王通）

九月二十六日（戊午八月二十二日丙子）　木曜日（即星期四）

提要（修學）

（治事）

（通信）得青楊箴八月六日所發　復周季嵩

氣候

小姓

溫度

昨夜遲眠而喉嗽又甚遂不安於寢晨起精神不適早飯後臍下腹微痛裏急如廁明有如赤白痢者焉因溫浴而息

午後兩院談話會赴之方入門褚慧僧馬君武謂我曰足下所主張者甚是但仍無辦法其意蓋指撤行總統職務之機關而我以病不欲多言因此而又漏之言矣及開議爭者發揮拳吾始終未出辭也散會蕭錦鴻我提案既宣言否則議決後吾之主張而起草者亦未必如吾意晚退遂扶病屬續擬統總宣言草矣閱議員谷欽為予疑也　青楊覆書言衆合振事

午前張于潯來訪為罪以軍政府撤行總統職務之主張而涉及廣東省長　聞中山先生就總裁職以徐謙代表夜訪季龍不遇

雨水夾明鏡雙橋落彩虹（李白）

九月二十七日（戊午八月二十三日丁丑）　金曜日（即星期五）

提要（修學）

（治事）

（通信）
得田兒四日書　中秋日
得四弟書　舊七月十八日
得安瑞莊太親家函

氣候　小晴

溫度

午前寫倭擇總統宣言案　午後李龍來訪　以此案示之　李龍以謂法定三分二人數不足　此事實無可諱　宜明白載於宣言　以表示國會之不敢違法也　所論甚是　遂易稿

午後六時與饒生共名請數人飲酒　商議中山先生就職　而李龍已到廣州　邀約李龍　兩商就職後之辦法　[illegible]初郭同字餘自滇來　以為中山先生不可不就職　故擬集商而就職之已決定　其人固不知也

得田兒書　內附四弟復四川官署所給路費實收之數　差於顯字約百餘元　使我消助親友之辦法不能行也　而四弟則因是買親友之怨　故未免頗多怨詞　所幸者　老母無病　諸姪可愛也

人或毀己當退而求之於身（王　昶）祀閣語

九月二十八日（戊午八月二十四日戊寅）　土曜日（即星期六）

民國七年　學校日記

氣候：小雨　午后二微雨　半晴

温度：

提要（修學）

（治事）

開憲法審議會人數不足延會　第四十四次審議會而到廣州之第一次審議會也　待至三時二十分鐘參議院尚少數人彼居於廣州如廣西郭椿森廣東楊永泰以官參謀長財政廳長而不至可不然與

午前寫候舉總統宣言草案　彭顯臣來譚以為軍政府司法次長宜於中華革命黨求之吾漫應之而已矣　有晉人喬漢卿儒林者山西榆社人不相識忽以攖桂託寬售主天涯作僑其窮可念也

劉紀文名欽澄餅舫

晤玉章　飯藥二劑未愈也

發陝振中　為田兒轉寄一書

（通信）

發振中　付田兒書去

清秋野戍聞寒角殘月山城聽曉雞（戴　璉）

九月二十九日（戊午八月二十五日己卯）

日曜日（即星期日）

民國七年學校日記

提要（修學）

（治事）

（通信）

發季范
示田兒四勿　校笑卿
寄四弟書

氣候

病未愈服陳伯箭藥今日盡三劑別服清寧丸

食雨

焦易堂丁超五以司法次長宜屬於我而求我同意將與李龍言也吾謝之

易堂亦有意焉

彭介石來識李純變化愈下將扶徐世昌而仆馮國璋　上海中華新報竟倡以合法手續承認徐世昌為總統前日李龍言張耀曾亦為此論真

溫度

國家不祥之事也

令田兒告鍾推光妻姑前饋百婚之說吾家現在所入不敷償債當待諾異日予之文令田兒慰其母　以吾守法而言必無意外慰四勿

四弟不學所見淺陋迫以吾每每寄書囑周親戚之貧者而拮据無以應親戚因是怨之來書頗懟非是斷切以責備之詞為寬解之法

道吾過者是吾師諂吾好者是吾賊（白秋齋）

九月三十日（戊午八月二十六日庚辰）　月曜日（即星期一）

民國七年學校日記

提要（學作）

氣候　合存不滿於香草師來書言之非一日矣重復之屢屢至今日寬解之而已矣特由

四勿精交所以使四勿自若滿亦發四勿

（政事）

弼臣以不知兩院電促上海議員事來餞言款遂覆之并促廣父

黃冀增至今無消息發速之

（通信）

寄四勿合存書　發弼臣廣父冀增

得吳山書　得弼臣書

陳仲謀偕其同係胡汝翼來訪　芷醒儕來訪

溫度　精衛來訪略譚三十分鐘因參院開會時間已迫遂別去

會以人數不足而散　出院則兩腿作軟遂訪陳伯簡易藥伯簡診云有

微傷寒而無分有病

未服清寧丸

鴨邊秋月落半背夕陽低（胡仲弓）

本願老聞者興趣學相節（刊裂蒙）

十月一日（戊午八月二十七日辛巳） 火曜日 （即星期二）

民國七年學校日記

提要（修學）

教育部歐美留學之抉選其規定辦法凡大學或專門學校卒業可直接入外國大學者由本省指派特飭緒初

（治非）

（通信）

飭緒初公諧服都

得大女三女五女票

得陳撰中書

氣候

不知友生消息又擬贈同益有限公司股票還飭公諧

姓

玉章来商川局謂唐蓂賡將以青楊督四川又謂黔人李元箸之測度佳可證返黔出与軍府密計排錦帆而去之是二說皆与各派接洽之說不相容

溫度

玉章則皇皇矣

吴山氏粤家人以孤寡之裘託吴山寄救莫不知廣州氣候者也

赴參議院秘書廳計事遇翟伯莊十年前同學川南江范學堂不相識矣

季龍来與霞樓談次及組織政府而季龍主張与法律略有出入詞氣亦不當吾隱折之衡与議諧人幾若無不可者

白雲自古東西隔明月誰分上下池（蘇軾）

一縷之帛出工女之勤一粒之粟出農夫之勞（明仁孝文皇后）

十月二日（戊午八月二十八日壬午）（孔子誕日）水曜日（即星期三）

民國七年學校日記

提要

修（學）

治（事）

通（信）致中山先生及景梁

氣候 致中山先生言其宜與北方軍人接洽致景梁代溶伯致謝

軍政府總裁暨各部長台飲北之後眾總統由國會組織護法內閣兩事稍有異同而湯漪之說尤謬遂折之

晴

季龍代表中山先生送參議院全院議員茶會之後偕詣點霞樓話

軍政府暨四川事

溫度 訪吳山不遇

冷適而秋 軍人也相見其人如不勝衣如文士

幼習於善則終身不變猶刻字木皮皮長字亦長（斯邁爾）

十月三日（戊午八月二十九日癸未）木曜日（即星期四）

民國七年學校日記

提要（修學）	氣候	姓	溫度
	勉諸女勤於織業毋專事文學而遺廢他務戒大女楨備風雨來馬每日學校往來全可念也　田兒婦未入學校意若吾妻有不慊而中止耶故敎其夫婦而重侍婦順於姑　与玉章論事所見相左　赴訓木圖南圓之任又赴朱伯元都府街之合筵之於飲食之事矣		

（治事）

（通信）

示田兒夫婦暨庶父姊妹

薯芋圃可掘　黍田始穫（俗諺）

學不進只是不勇（程伊川）

十月四日（戊午八月三十日甲申）金曜日（即星期五）

民國七年學校日記

提要（修學）

（治事）

（通信）

氣候

晚院談話會辯論挺久而張知競之駁吾說也理既誤矣出詞猶不脫市井氣習也

雜件

赴照霞樓 焦易堂有志司法次長矣而吳宗慈又欲之葉夏聲亦悻悻動於是不得不与精衛言

應李兆傳陳鴻鈞韓玉宸歐陽振聲令兆校內之約六人之合飲於南園對門某屋皆政學會人物也

溫度

積賢一戾止此共一日間（朱熹）

常常將事業順序而整頓之是贏時日之最妙法也（斯邁）

十月五日（戊午九月初一日乙酉）　土曜日（即星期六）　民國七年學校日記

提（修）要（學）

（治）（事）

通（信）寄政務總裁書

氣候

赴秘書廳閱起草委員會救陳兩案不可於一宣言中并發表之其理至顯

而議者藐藐之矣

晉人喬某以樓桂來求售今日熟視桂竟人相之皆枯皮也

赴招待員集會遇伯蘭邀請其診病伯蘭曰脈象貧血不足

姓

夜還命軍府如下討伐令若凡各省各軍之在前敵者須聯接洽而湘

溫度

省情形尤當留心又作戰計畫須議定又須蒐討軍實械彈雖得

而餉不可不備宜提稅關之款速作書陳之時夜半矣

疎種碧松通月朗多栽紅藥待春還（劉禹錫）

十月六日（戊午九月初二日丙戌）日曜日（即星期日）

提要（修學）	治事	通信
		得田兒及廣文書

氣候 吴山朝来長談 寫輓聯輓零陵鎮守使劉昆濤 昆濤名建藩湘人也 國會解散後中山先生率海軍南下至於廣州 劉公以一旅之衆毅然而起 其時新授零陵鎮守使 抵永州任所方數日 而兵將皆不相習 亦能提之北指 所向克捷 其精神意氣令人欽遲 而南護法之師實起響應 乃踞陳潛所拖衡陽而退 得勝之師後路中斷 惜抱投河而死 吾與劉公相見於日本

温度 過從數四 其為人質厚 竟為國殤 悲夫

過玉章 適覃孫氏来商軍事 與我言於軍府者同也

赴米國兩院議員俱樂部茶會 聞肇和軍艦舉義来粵 狂喜

田兒告家用超過預算 函一匯百五十元 未償京滬借款

邱廣文來書 滿紙詆毀錢忠卯 諉負責任矣 可歎

民國七年學校日記部

百川學海而至於海邱陵學山而至於山是故惡夫畫也（揚雄）

十月七日（戊午九月初三日丁亥） 月曜日（即星期一）

提要（修學）	提要（治事）	提要（通信）	氣候	姓	溫度
		示田兒 復廣父 致季龍 復唐健			

致季龍言彭介石促予參議而閱結議首須備應用之費若干

示田兒 兒輩借丈之身敗名裂由於急功名以戒之

復廣父憲法審議會參議院大會皆因參院人數不足而延會議者之

已到院者宜負其責又謝其就領款之說

赴黃埔歡迎海軍艦隊餘江防司令部以江漢兵艦載議員而往不足

另雇三小汽船下午三時肇和先泊黃浦吾等船至則揚旗然爆竹繞

肇和而西之凡船皆照軍政府江防司令部所派專員乘船而往

黃翼增抵粵偕余朋朋來訪

湘人唐健以未來假錢救家婦母以應唯實告之而已矣

可憐九月初三夜　露似珍珠月似弓（白居易）

勿以知而自足宜應用之勿以欲而自足宜管用之（機埃的）

十月八日（戊午九月初四日戊子）火曜日（即星期二）

民國七年學校日記

提要（修學）	氣候	姓	溫度
（治事）			
（通信）			

各代表午飲訖之後趨議會委託軍政府代行國務院職權依法攝由國務院攝行大總統職務至次任大總統選出就職之日為止之案竟以贊成者多數通過又與大總統後選案并由一宣言書發表之此兩層皆大誤委託則軍府本身存在而有軍政府與代行國務院之兩重職權并案宣言則無異承認有代總統時合法政府在北京也爭之屢矣而聽者藐藐嗟乎國人之惰氣彌滿宇內古人所以傷心於圖一時之便而行苟且之政也蒙古議員宋汝梅在議場毆人援殺傷其他墨瀋污面污衣者衆悲難凡餘乃演此惡象宋汝梅肉不足食矣

韋少荃由馬江來見名尚丰江津人

肉鳳將毛仲芳胡謙參謀部局長也而飲客酒食之事於是煩矣

梅谷久不見又午飲大新公司

描笛牛羊歸晚徑捲簾瓜熟芋西疇（黃庭堅）

不自滿者受益不自是者博聞（李邦獻）

十月九日（戊午九月初五日己丑 京城上午十時二十七分寒露）水曜日（即星期三）

民國七年學校日記

修學 提要

治事

通信

氣候

歷訪李葆林啓志强杜伯庸及黃翼增　唐健客中苦窮餓以十金

韋少荃病晚訪之餽十金

張于潯徐元誥余維謙名飲南園褚輔成羅家衡李述膺輩論昨日議院中毆傷凌議員事有袒宋汝梅者謂非擊傷凌者非宋輒欲顛倒黑白也余恨極不覺拍案此失禮之至矣

姓

溫度

覺生出黃某與石麒函閱事尚可望少犧牲也遂定少荃偕往

石枝使寒露葉門啓曙烟（杜甫）

智識如財用經驗非論也（英諺）　國慶日

十月十日（戊午九月初六日庚寅）　木曜日（即星期四）

民國七年　學校日記

提要（修學）　（治事）　（通信）

氣候　早起閱報張章太炎先生寄全國省議會商會電反覆申明法與護法之旨其又可傳也

姓

十時赴省議會慶祝向國旗行禮如儀影相茶敘又赴軍政府慶祝如儀遂遣黄花岡謁七十二先烈之墓不得車往返徒步日烈如非秋日汗液衣塵揚面目為黑皴矣　眼鏡毀與劉成禺爭國旗而結也

溫度　徐世昌氏於今日就偽總統之職於北京

瀏覽日籍　桂氏政策之章

十時寢

黃菊尚遲三日約碧桃已作十分開（邵文楨堅）

十月十一日（戊午九月初七日辛卯） 金曜日（即星期五）

與君子游如長日加益而不自知也（竹子）

提要（修學）

治事

通信
得田兒四句書
得四弟士俊書（陰八月十二日）
得真如吉甫美园書

氣候
昨夜早睡今晨起猶晏也豈夢遊之故歟

申報俄京生活狀況一則述俄國新黨無秩序及殘酷情形吾國固不至是然
上下相偷毫無振作之氣亡之徵也

姓

吳景濂褚輔成邀數十人在東園國會議員俱樂部 豫商兩事一軍政府不得
國會正式公文不能行使委託之職權一既曰委託當有委託條例 蓋

溫度

至此而後知困難也
得田兒及四句函內附四弟士俊真如伯謙書
吾母於食眉八月十二日前（常是九日）患牙痛左牙根發腫非常屬云老年何能
當此四弟日今稍愈十二日後固不知若何也游子天南不克侍疾鼻莫
大矣 士俊詳述吾家出入之數頗可慮

日起闢幽戶竹樹青棍變（朱熹）

經驗爲才智之父　記憶爲才智之母　（英諺）

十月十二日（戊午九月初八日壬辰）　土曜日（卽星期六）

民國七年學校日記

提要（修學）

（治事）

（通信）

示田兄殷四勿

殷仲孰　宜昌

氣候

仲孰尚滞宜昌殷之促還上海

樸山來晤北滬伯虞函電知伯琅　赴參議院招待會

姓

晤潤生　伯琅勃山及余飲酒

晤玉章促其贊成軍政府討伐令爲之草一令文

訪紹章少苍於覺生

溫度

野菊開無數　沙鷗靜不猜　（張栻）

父兄不可常恃人當自求之身（黃道周）

十月十三日（戊午九月初九日癸巳）日曜日（即星期日）

提要（修學）

（治事）

（通信）

氣候

陳伯蘭來商子廷事

邀伯琅飲酒

姓

瀏覽日籍盡二十頁

溫度

天邊今日又重陽隴樹紅飛雁叫霜（宇文虛中）

一滴一滴能使江水滿一滴一滴能使河水乾　（英諺）

十月十四日（戊午九月初十日甲午）　月曜日（即星期一）

民國七年學校日記

提要（提要）

治事（治事）

通信（通信）

復曾慕韓陳炳堃
復陳伯蘭可
示田兒　復叔宗璞

氣候

曾貽圻慕韓肅以書介紹閔季騫來見今乃覆之

陳炳堃不知其字國民黨人盡瘁國事者也去年副顏德基起兵護法

略定川北駐師保寧嗣援陝第二路游司令遭母喪訃至傷甚所遇

與小子同也遂唁之

溫度

與可以公函印刷所予浙人書來白其冤也以余聞知則不能謂之

無因而至也遂告以通緝令不易取銷而報銷宜辦　同鄉人亦

若是云爾

陳伯蘭來計事　託丁廷五以錢寄吾家帶致舒子欽夫人

與田兒言舒欵也　幾卿左后由香港來函

九日不出門十日見黃菊　（賈島）

泰山不讓土壤故能成其大河海不擇細流故能成其深（國策）

十月十五日（戊午九月十一日乙未）火曜日（即星期二）

民國七年學校日記

提要（修學）

（治事）

（通信）

氣候

黎明六時赴大沙頭七時三十分搭廣九火車赴香港十一時半上岸佐臣樊卿尚留港未行滬游偕焉

姓

中山先生聽伯蘭与王湘諸人之言派曾子偉罷川聯絡劉湘劉成勛舒雲衢軍隊其為說曰擁中山曰倒熊奸人來間肆其鬼蜮可畏也尤可痛者戴季陶与陳廷傑結納而日當視吾人政見如何今陳廷傑已秘密促曾子偉而西矣

溫度

吾川必有事也李伯英浪人与曾子偉陳廷傑亦密是亦敵於倒熊之說為而然者物朽蟲生有間而入於人何尤獨恨錦帆之公而釀成如彼之運動

晚偕樊卿乘船返廣州月明海空清氣冷然感慨話舊樂陶陶也

樊卿謂閩棠階之自渝而滬也有二事焉一青揚似派曾仰欧赴北京一佐丞遲行似有待徑手聯械是二事如所言果窺其隱者則人事固不易測焉矣

荒城烟燭相明滅野水芙蓉亂白紅（蘇軾）

名學者德之報酬也（西細洛）

十月十六日（戊午九月十二日丙申）水曜日（即星期三）

民國七年學校日記

提要（修學）

氣候

朝七時船氏廣州遂過玉章譬以陳廷傑還蜀當勸錦帆親其所親

夜失眠還寓觀所得書函遂晝寢

性

午後赴東園与伯琅璞山約也遂偕飲〻已遂訪燮卿

溫度

（治事）

（通信）

得伯文箋 八日上海

得節吾人箋 中秋日寄申

月明眼底見秋色境靜鼻根歸桂香（王十朋）

十月十七日（戊午九月十三日丁酉）木曜日（即星期四）

提要（修學）　治事　通信

氣候

与伯琅、璞山約集大沙頭過周潤生潤生邀飲

家本貧也而行者之資誼不能不盡力餽樊卿五十金

9生

一時赴議院開議長選舉會林森當選為參議院議長是日也在廣州參議員僅百四十一人而到會者百三十九秩序亦好可謂到廣州以來第一之佳象丁文燮者直隸新補議員與余僅於議場通姓名而已而獨舉余心已怪之及散會出場也丁君數數反顧而儗望余余尤異之（參議院議長選舉為記名投票余任監票故知之）記此以察其究竟

溫度

縣人龔開第（字瑞亭今易曰鋭覺石灰溪人）自九江來勝具詞邀於訣且大人我矣相別數年不見進如此也志趣二字可忽乎哉

有志者事竟成（後漢書）

十月十八日（戊午九月十四日戊戌）金曜日（即星期五）

民國七年 學海日記

提要（學修）

（治事）

（通信）

復鈍叟

得菲光牋

氣候

覆龔鈍叟勸其還蜀

過伯琅因潤生先來在遂川未商事晚之照霞樓縱譚

議和之說甚人無遠慮必有近憂

姓

溫度

黃雞紫蟹堪攜酒紅樹青山好放船（蘇軾）

十月十九日（戊午九月十五日己亥）　土曜日（即星期六）

民國七年學校日記

提要（修學）

（治事）

（通信）得張石麒函

氣候

性

溫度

移居讓舊室於北居從約翼增同處一室

報紙揭徐世昌就職宣言亦曰重法律亦曰復平和彼之所行皆益

亂亂法而言則若是政客者流不為國家大計而先顧一身之

私遂苟且敷衍吾知自此以往將永無寧日矣

石麒寄牋由鄭里鐸君交來言司法部次長宜任競生

所以讀書學問本欲開心明目利於行耳（顏之推）

十月二十日（戊午九月十六日庚子）日曜日（即星期日）

民國七年 學校日記

（提倡 要學）

（治事）

（通信）
復倩愚丈
示田兒
得昨振中書

氣候

客來費半日功夫

性

溫度

復倩愚丈牋歷之規之以其日直繩也遂痛亦直繩

倩愚丈詩述其年來遭際之苦情與語摯以寄田兒觀之使知所警惕

蓋倩愚丈之失足可鑒焉也前日吳山初到廣州談次及倩愚在我家之故而日聞之常壁臣君人有謂烈五之死由我陷焉我忌烈五以烈五而生則我不能滿省長之望云云其可駭若彼意殆怪夫我之未絕倩愚耶倩愚丈及其夫人及吳悵其生死我其關切我之德又烏可忘之其害烈五也不得證故害烈五之證未得明吾不失其故也義也欲駭怪之言不能我動矣

赴東園訪張北莊

玉堂晝掩文書靜 鈴索不搖鐘漏永（蘇軾）

十月二十一日（戊午九月十七日辛丑）　月曜日（即星期一）

提要（修學）

（治事）

（通信）
得緒初牋　一日發
示田兒
牋肇南及四弟甥

紀候
早飯後過遇玉章伯琅勃山仲謀
玉章出滄伯文日電示我滄伯已於十月十二日宣布就省長職於重慶
与伯琅璞山計議陳廷傑曾子偉運川之隱謀所在決定電川同人熊錦帆
不悟恐終為人所桀也
赴兩院談話會

溫度
得緒初牋瑞書學費已呈准補給一年而四弟游美之願則以爭游者
眾一時無辦法也
北居未彼評大半皆述先總訓後嗣之事也至夜半十二時遂別
示田兒告以与璞山伯琅合資營酉陽油商業之計畫　牋四弟以緒初來書示之
牋肇南屬其以聖瞻墊款告緒初

君子進德修業孳孳不息不務實勝也（周敦頤）

十月二十二日（戊午九月十八日壬寅）火曜日（即星期二）

民國七年學校日記

提要（修學）

（治事）

通信：得山兄宗[illegible]一日 得通一信悉左丞樊卿書 得韋少荃書

氣候：新聞紙據日本新內閣對吾國外交之方針一日不取秘密主義一日不專求私利日本之政策一日計中國全國民之幸福一日南北皆不偏袒斯言果信庶幾國禍少紓乎

溫度

黄花媚新霜碧樹含餘清（權德輿）

十月二十三日（戊午九月十九日癸卯）水曜日（即星期三）

爲學有兆木有階級有驟步有歸宿（李光地）

提要（修學）	治事	通信	氣候		溫度
補擬成約南軍政府不下討伐令事 擬寄滬伯電稿 莘少岩來商之汕遣以十金		復緒和函		晴	

深院靜小庭空斷續寒砧斷續風無奈夜長人不寐數聲和月到簾櫳（李後主）

人有求於我如不能應當直告以故（申涵光）

十月二十四日（戊午九月二十日甲辰 京城下午一時十九分霜降）木曜日（即星期四）

民國七年學校日記

提要（作學）

治事

通信

氣候

憲法審議會開會 吳蓮伯病遂先開參議院大會任子姪就職

而後審議會有議長也

姓評定廢功夫半日

溫度

天凝露以降霜分木葉落而隕枝（潘岳）

民國七年學校日記

十月二十五日（戊午九月二十一日乙巳） 金曜日（即星期五）

提修（要學）

治（事）

通（信） 復四弟士俊

氣候

作書寄士俊四弟 勸勵四弟以吾兄弟皆念 先人艱苦之艱難而慮兩弟無現代生活競爭之能力也并悅士俊開啓之

午後集蜀秦滇黔粵桂湘鄂浙閩浙籍同人之少數者商籌解決大局之辦法決定如大局解決不能達圓滿希望（即約法效力完全恢復國會完全行使職權懲辦禍首不認亡國密約懲治徐世昌）則舉六省分寧

溫度

與北京非法政府完全斷絕而治分立為兩如賠款及中央借款按照攤派原額劃分擔任待基址固後再謀進兵平逆統一全國選定桂林一日召集十一省全體議員

過照霞樓 還廬得四川戊午雜誌推其紀事觀唐黃府全渝情形

希望者思想之母也（索士比亞）

十月二十六日（戊午九月二十二日丙午）　土曜日（即星期六）

民國七年
學校日記

提要（修學）
介紹士俊季讓於滄伯，遂識士俊季讓

（治事）

（通信）
復張伯季讓
示田兒
得書仰歐函

氣候

前因田兒婦未入學校，吾疑或有他故，遂數其夫婦，責其婦以事姑，而田來禀不適吾意，特明白告之

姓

偕翼瞻暨伯琅過槙山仲謀處飯於妙奇香館，館雖舊而菜頗甘美

謝子福之子名碩合飲大新公司，往而概乃妙奇香友之相聚樂也

溫度

菊花含雨酣楓葉染霜紅（馬問卿）

十月二十七日（戊午九月二十三日丁未）日曜日（即星期日）

（通信）
得田兒四月十六日書
得倩文書
得仲執仲言長沙九月二日

（治事）

覆候四勿以錦帆晴楓告田兒請定倩文偕金以倩文嘗語椎光謂崑山友人留任事月有所入飲食且較吾處為美而難卻我之情意故返滬云

田兒屢將來費報其窮也

倩文每書必言其家之窘意固有在也以周君函託我轉交

仲執仲言已達重慶書來每人船費由宜至渝百八十五元而由不肖償行將每人吾餽鉅資百元乃不入之船費而全數貸諸范憬廷以責我可異也張任經年吾責甚重今得安返里門吾責釋矣區區金錢義當任之計兩人自抵北京一年有餘每人所費當在四百金左右國家擾亂故不此耳

爲開人者即勝人也（胡清甫）

月二十八日（戊午九月二十四日戊申）　月曜日（即星期一）

民國七年學校日記

提綱（擧要）

治事

通信

得仲樹來牋
得羿卿牋

氣候

早起譯電三：洽伯、文曾、仰歐寄青揚電并發

謹山來（午前）

方策以安鄉函來

午後一時赴粟園三時後維達百人不與於十一省之約若果誤會也議決由兩院議長約全院同人再議

偕楷慈生向梵湘呂天民往晤陸伯吉以粟園之議且請其函議會指代爲解釋

諾慈生如湯濟之言繼希齡等組織和平期成會以促中央政府若中府南惟此事當有先決條件而後議和曰徐世昌退職曰解散非法國會曰段祺瑞去參戰督辦職曰誅徐樹錚白逾恒以謂段祺瑞宜不與國政否謂禍首則當誅不必樹錚也

偕唐寶鍔鄒人璋飭於先施陳黎其爲人

殘蝕明遠照正一番箱訊四山秋老（黄機）

十月二十九日（戊午九月二十五日己酉）火曜日（即星期二）

提要（修學）

（治事）

（通信）
致政務會議
發西林劉天佑
得滬劉卿成 舒于明之函

氣候
報閱紙載軍府地方制度會議通電照四川省長銜邀借題而發之將政務會議及西
林力存其在四川治亂係某派之黨爭

雜
建議通牒友邦否認徐世昌偽總統
赴憲法審議會退席已六時赴聚霞樓
以倩文致内某書記劉天佑特寄天佑字積之現寓廣西貴縣

温度

深秋簾幕千家雨落日樓臺一笛風（杜牧）

童稚之學不止記誦養其良知良能當以先入之言為主（楊億）

十月三十日（戊午九月二十六日庚戌）水曜日（即星期三）

提要（修學）	氣候		姓		溫度		
	寫信分致通一諸人	倩丈以我情難御遂留而不去田兒以為將來或責備報無窮也請致脩焉	遂陳月奉脩金之說廿圓之說於倩丈并勸其有所謀則去也	禾田兒籌得償并富鐵路公司借款辦法又令月致脩金廿圓於倩丈	憲法審議會討論省參事會問題提案甚多仍不得結果	訪玉章告以詰問軍府之事而玉章則已發為議論矣	林子超召飲南園

（論事）

（通信）復通一[illegible] 禾田兒

荷盡已無擎雨蓋菊殘猶有傲霜枝（蘇軾）

民國七年 學校日記

十月三十一日（戊午九月二十七日辛亥）　木曜日（即星期四）

提要（修學）

氣候　軍府之侃錦帆就督軍職也其電以密頗有挑撥四川內部之嫌將函警之

（治事）

（通信）緘政務總裁　緘伯中樹華石麒

姓　告石麒不推競生於季龍之故

伯中不南來而與閩和平期成會事通電南北既由知競儒稿電述吾人主張又專寺一緘勸其毋為谷九峰分謗書中有云國之危亡不在內亂而在士大夫無宏遠之識無負重之量而揣摩風氣隨流逐波務為苟且以號召國人熊希齡其尤而九峰固不足責者也

溫度

伯中當知儆也

並迴龍社研究憲法　謝臣子華抵粵

業精於勤荒於嬉（韓愈）

十一月一日（戊午九月二十八日壬子）

金曜日（即星期五）

民國七年學校日記

提要（修學）	氣候	溫度
（治事）		
（通信）		

碧雲天黃葉地秋色連波波上寒烟翠（范仲淹）

十一月二日（戊午九月二十九日癸丑） 土曜日（卽星期六）

民國七年學校日記

汝追事業勿爲事業所追（利蘭特）

提要（修學）

（治事）

（通信）

氣候 復李龍及金仲蓀

溫度

萬家相慶喜秋成處處樓臺歌板聲（杜牧）

擇志專修學一技藝然後可以立身立家（陳□□）

十一月三日（戊午九月三十日甲申）· 星期日（第 星期日）

民國七年 學校日記

提要（修學）

治（事）

通（信）　電張伯

氣候

溫度

擬電譯寄滄伯

吳小來談　全什蘇嶶書至四川省長事將列為議案交政務會議而

錦帆反對軍民分治電係青日寄李印泉者云

偕翼增訪伯玉諧人不遇遂訪貴州議員夜相道家常故事

草敵庵鼠翠花芸治蓋紅（□□）

十一月六日（戊午十月初三日丁巳）水曜日（即星期三）

提要（修學）（治事）（通信）

氣候

溫度

姓

過伯琅，過伯玉，赴米閣憲法促成會之議，過熙霞樓，晤玉章，蔽川事不得結果。伯琅、璞山言聞諸唐子華，余朋明非白軍政府情形，乃吾川議員所以抑我者，以心既萌，地方祇有感影響而已。玉章終有倚求錦帆，論至裁兵，吾謂錦帆增兵，安能禁人之[illegible]增兵，故裁兵當自錦帆始，而以械為標準，閩正當辦法，然不能禁人之詰責錦帆。（詳甚）[illegible]軍隨兵廠之械不畀他軍，而獨畀己軍也。玉章乃急言曰：若如此說，恐川事不能辦。吾力挽之甚矣，吾之不能養亂也。

獨居之樂不如與他人共生活現在兄弟（撥格拉底）

十一月七日（戊午十月初四日戊午）木曜日（即星期四）民國七年學校日記

氣候

溫度

提要（學醒）

作書復大女吾念吾女思慰其心恐述他事輒再易藁紙覼其未書樣

心甚危也

治事

午後以卯廣父款交唐子華

過年貢三得晤何民君議川滇黔三省聯合議員事

邀伯瓌來擬商劉克謙經營桐油業事有他客遂閒留夜飯

得潘武臣函滬伯訛職錦帆以電賀也

田兒勸我辭職還上海所見頗有是處少年氣盛不知寫世之無益

耳 內附仲執渝發何為與仲言參商指而仲言前發表寒之

數言又不告宜昌路費借鐵路款何吾甚疑此子有心疾矣仲執

亦不白參商之故皆可怪

通信

示大女 得大兒牋

得田兒及仲執妹丈牋

雲作曉陰低薜荔水含秋色亂芙蓉（陳 方）

十一月八日（戊午十月初五日己未 京城下午一時五分立冬）

金曜日（即星期五）

民國七年 學校日記

提要（修學 治事）

通信
復真如吉甫（美國）
復四勿
復陳吉人

氣候 金風

溫度 涼

致真如吉甫復寫好有日矣封面英文昨始倩人寫訖於是付郵

陳吉人兩寄書來皆絕不復昨第三書至自艾甚深且託取吳琴軒夫人處金五十圓以其沈溺或自此反也勉為行問款不得覆之

四勿不得游美常鬱鬱寡歡復慰之與大女復并發

一九一八年

十一月九日（戊午十月初六日庚申）　土曜日（即星期六）　民國七年學校日記

提要（事條）

紙候　小姓

午前寫電報將以邀川湞黔議員簽名也

發武尼　夜得武尼英文電報查詢軍政府十月廿六日通電無四川省長銜名之理由

發四弟石師　仲執以無款告且決定不入華成公司股分則石芝师鐵路借款當由我匯款償還照安有錢故發石師託其籌為墊出并以此事告四弟

温度

入冬　老母須服補丸須取燒特告弟如法備之

四弟來函以游美之志未能即遂頗惰懶　附仲執弟箴　陰九月十七發　已任省長秘書矣然意未厭總不免躁急之病

大女來稟

治事

通信

得四弟舊九月廿七日　大女舊九月廿八日書

發四弟　發石師

陽雁叫霜來枕上寒山映月在湖中　（[illegible] [illegible]）

夫婦者人倫之始也不可不正（召南申女）

十一月十日（戊午十月初七日辛酉）　日曜日（即星期日）

提要（修學）

治事

通信

氣候　過玉章　過迴龍社　寄莫唐總裁電報　徐九敢仍不簽名　餘則皆自署姓名

也過斐然〻〻亦不簽名而伯玉不過

姓　過伯琅

温度

寒砧萬戶月如水　老雁一聲霜滿天（薩都剌）

不學無術闇於大理（漢書）

十一月十一日（戊午十月初八日壬戌）　月曜日（即星期一）

民國七年學校日記

提要（事務）　（沿革）　（通信）

氣候：小姓

寫電報先由郵寄滇及貽靄林始知我有偏者遂電話敢送信後
留而勿投郵局
借王乃昌字紀文誠密電本謄以譯寄冀賡總裁
赴參議院常會　遂遇伯琨璞山及劉克襄訂四陽縣龍潭（地名）經營
商業事議定草契約十數條事畢忽竹戲而院外門已鎖不能歸
又無寢處伯琨璞山仲謀与我坐而待旦

溫度：

楓林落葉山容瘦霜稻登場野色寬（陸游）

決不可存苟且心決不可做偷薄事．（姚舜牧）

十一月十二日（戊午十月初九日癸亥）　火曜日（即星期二）　民國七年學校日記

提要（修學）

氣候　黎明還寓進粥精神倦極疲倦

（治事）

午後修飾寄莫寓總裁電文吳靄林所正辭義頗當也

會　憲法審議會吾動議省長由省議會選舉三人呈請大總統擇一人任命之得以三分二贊成者遂成立然主張省長由大總統任命取參事會責任制者有煩言也

溫度　赴照霞樓　省視精衛病於美法醫院　精衛醉酒折左肘矣

倩文詳述其所謂普通信用者志可悲矣

（通信）

~~得[illegible]~~

得倩思文書　五日上海

破柑霜落爪嘗稻雪翻匙（杜甫）

無用之雄樹猶樹也高大而不實（黃 誠）

十一月十三日（戊午十月初十日甲子） 水曜日（即星期三）

民國七年 舉行日記

提要（學修）

氣候

寓電報一紙由郵寄冀儒卿叔夜譯電

下午赴東園議法從風會幹事會議赴澂鄉碰曾彥之約

曾彥字其恆廣西人欲實行吾人前日十一省團結之事以竟護法全功

小姓

其性與陸榮廷相近如此其庶幾乎

路透電德國革命德皇退位消息揚之甚詳吾國因此又得苟延旦

溫度

夕也

積之自貴縣復成易信恐寄周其緘已轉去

閔余將來粵託為銀到議院 季寬將入蜀請介紹北渝伯

治（非）

通信

覆劉天佐函 荊州

得周闓余函 重慶

得閔季寬函 上海

若柘葉黃如嫩樹寒櫻枝白是狂花（白居易）

十一月十四日（戊午十月十一日乙丑） 木曜日（即星期四）

提要

（修學）

（治事）

（通信）寄唐蓂賡電

氣候 雨

溫度

上午譯電寄唐蓂賡電唐之誠懇於八日至今日始成事殊遲可歎也

下午赴廻龍社討論憲法

晚歸整理書案未餘若一禮拜矣

吳山來書任民信日報訪事

路透電德皇維廉二世竟於十一日署位於退位書去之荷蘭革命軍已滿柏林京城組織民國政府世界之大變也俄過激黨人李寧嘗曰吾俄雖被德之武力征服然吾人之主義必征服德意志方期年而其果驗

常看得自家未必是他人未必非便有長進（呂新吾）

提要（事件）

氣候　復倩丈慰之　復四勿戒其養氣嘉其志所言較往者深切也

敎大女勿視事太易　禾田兒當速償石芝先生借款并酌給大女四勿吾妻

食　九藥叔宦況家之妄各費且戒之曰謂吾退出政治漩渦是也謂退居上海而罵世不可也

省法審議會議定省參事會輔左省長執行省政務對於省議會負責

溫度　任出閑湯消諸人欲藉是以推翻省長壓挙事也

（治事）

（通信）　復倩丈　四勿　禾田兒　大女

十一月十五日（戊午十月十二日丙寅）　金曜日（即星期五）

民國七年　學校日記

寒日模糊陰風凜冽一掃秋光無剩（尤侗）

十一月十六日（戊午十月十三日丁卯） 土曜日（即星期六）

提要（修學）

治事

得倩長書 九日十日

得佩嚴寄田兒書

得留日學生公函

通信

賤仲執東章

得田兒介女蕤大票十日

得四弟書 食九月十五日

氣候

賤仲執妹丈規之以靜與漸而戒其躁急之病

賤東章妹丈託其以金二十圓予鍾燠堂內兄由年終同德公紅利項下撥還芥

勸善敎長甥讀書

溫度

会

四弟舍曆九月望前一日書云 母康健 客七妹家甚歡 至言家常事仍是氣憤而出 細察其書中語氣 似因我責之太甚 又託東章士俊子文諸人干涉照料而致此者 故一再曰我尚去本事染手 我弄不經手也 東街房已賣出 折錢四十八千 合之逐年利金 稅契費雜費 損失當不少 吾弟既負氣 則不能就事指示之矣 田兒不解此 尚議乃叔 諭非所親 家庭真不易治也

吾妻病又作 其不以借范氏捆金為然 固有見也

佩嚴告華俶收種情形 留日學生言韓天鵬曾天宇富貴

惡傷可治　惡名不可清　（英諺）

十一月十七日（戊午十月十四日戊辰）　日曜日（即星期日）

民國七年學校日記

提要（修學）	治事	通信

氣候　過玉草不遇，過至西溪，王紀文、李伯玉皆出，歎然芷塘尚卧，呼芷塘起，以游日學生公函示之，過楠周，西溪處下語川中軍事，楠周偏於錦帆，然所云始安軍之不良，固實事也。又云青楊錫卿皆請於唐黃，唐不願受錦帆節制，又云舊有川軍皆排作民軍

食　獨食名園

溫度　与伯琅、芷塘、楠周、子釗北居露林集商川省軍隊調和事，不得辦法，惟

寒　國民共和兩黨終必融洽為一，今則分頭疏通，各呈意志耳

翠柏不知秋　容庭失搖落　（蘇軾）

十一月十八日（戊午十月十五日己巳） 月曜日（即星期一）

提要（修學）

氣候

慰四弟并促其為母作壽序文囑弟赴范氏家處說明秋嵐乱士恒金借用辦法

午後赴院領月費遂歸衣過伯琰從山琰山還居伯張處

食

過五章玉章以所擬議和大綱主張商於我略有竄易

毓秀之二兄稚蘭其妻嵩于隔月款客折柬來邀赴之有法國人夫婦二日本人夫婦一飲至樂酒罷觀風景照片人物照片毓秀之伯姊服古裝攝影之美於人而古裝雅秀後點染有態余愛之請其一影以歸

溫度

（治事）

（通信）

寄四弟書

陳仲

小過不改大惡形彰（明仁孝文皇后）

十一月十九日（戊午十月十六日庚午）　火曜日（即星期二）　民國七年　學校廿四週

提要

（修學）

作書介致留日學生及四川經理員四川總司令省長為曾天宇韓鯤官費

（治事）

（通信）

得田兒家十二日　內川四弟上書　念九月廿二日

得張石麒書

紙低

處訟審議會

作書得叔龐叔賓仲執然未發也

食

微雨

四弟來書頗不滿於仲執謂其處置石芝先生贈款為不誠於仲執寄弟之書旁批詆譭而將原書擲特於我此吾弟之不是也田兒見之則痛言乃叔之薄於吾父母之視矣家庭之不祥有如此者

温度

石麒貧極欲得一事自活而予超碩難之奈何

張知競生日治酒處此祝

晚會於褚慧生家公推李文治南軒李執中孟吾廿琳白瑜桓吳景濂往

謁陸榮廷

青女素娥作下元昨宵蟾桂十分圓（耶文類聚）

十一月二十日（戊午十月十七日辛未） 水曜日（即星期三）

提要（修學）

治事

通信

得楊伯琴書 十一日北京

得庚生電

氣候

得溶生電十月卅一日重慶 訊錯什七八度其大意殆因沈伯遣父忞之故辭討代

任之人與譯之至顛畢也

兩院聯合會議應付時局必俟國會解散偽總統取消然後可議停戰

食

奉天李東恕守忠周衆議院議員因璞山來訂交今日治酒款客璞山云特飲哉

也北人質實於此等處亦足見之

溫度

伯琴謀以教育部命赴四川接辦師範學校

爲學須先立志志旣立則學問可次第着力（朱用純）

十一月二十一日（戊午十月十八日壬申） 木曜日（即星期四） 民國七年學校日課

提倡要（學）

治（事）
養精神以和胃內爲之
精神傷矣

通（信）
復秋兆……
暖卿吉人孫石麒 暖少居
暖倩婿二丈

氣候
終日寫信
暖叔擬告以秋亂默上恫金由我擔任保管生息請於款中扣去昨年匯寄上海恫金
百元及我爲俶信渝時所假叔擬金百五十元以餘數交叔實親家叔仲執妹丈
四弟不滿仲執乃大誤特戒之又告以仲執妹丈仲言姪宜昌所假公司款我對
於公司應任償還之責 暖石師嘗於瀘借金（百五）圓以待餘在川措償

溫度
詳示田兒疑其切疑乃叔有私故園財產之意一二爲之詳明指出乃叔盡明分
根據即前日不如吾焉接濟親戚亦係因我託士俊將人千涉家中財政所
激而成田兒當能諒然也不因以我而有家庭乖戾之伏線也 教三女五女讀
書務將道理看諳 暖堂屋詢近狀吾心總有所懸
遊情忍爲泛泛之談一耕於鋭墩一客游南寧

詩肩菰脆鱸肥地把酒橙黃橘綠天（陸　游）

十一月二十二日（戊午十月十九日癸酉）金曜日（即星期五）民國七年學校日記

臨事肯替別人著想是第一等學問（史搢臣）

提要
（學問）
（治事）
（通信）

紀事

泰豐和記合股契約今日成立在黨樂園簽名以固陽人劉克表作證而勳山伯振與余為股

友誼合資也克文係勳山商店學徒自幼而長皆可靠故勳山此次未另特派一人余與張東

合資者此兩人作吾人之計也勳山個人當以泰豐解路營業今治用之加以記兩字

以示區別焉契約簽名時陳仲謀氏仲兩人作證

晴雨

寫訪審議會

溫度

李彝林召飲商以黔滇陝四省聯合

天涯懷友月千里燈下讀書雞一鳴（陸游）

勉強爲善勝於因循爲惡　（李邦獻）

十一月二十三日（戊午十月二十日甲戌 京城上午十時二十四分小雪）土曜日（即星期六）

民國七年學校日記

提要	
修學	
治事	
通信	

氣候

食

温度

入同善社　同善社者學關尹之道先性次命靜坐以悟之相傳下元三乂安道在庶民近年來因廣傳播傳者自四川始成社曰同善總社在北京内務部立案分省社然徧全國傳者又爲儒釋道三教合一之説而推闡於中庸一書主其傳者爲十六代祖師云　議員多入同善社而靜坐逾月輙見體壯病者以愈舊友湘人李俊生煥以我腦病勸入斯社今日遂由焦易堂介紹我與吳蓮伯偕往入焉俊生已淨壇待矣分爲社長薛濟七十餘歲相之如五十許人也　展拜拈鬮三次乃得準　舊尚懺悔之事不少也

晚歸靜坐　蓮伯易堂習靜坐有年法與同善異謂同善之法便也

甲子徂推小雪天刺桐猶綠橫花然　（張[illegible]）

十一月二十四日（戊午十月二十一日乙亥）

日曜日（即星期日）

民國七年學校日記

提要（修學）

治事

通信
得田兒慶女書
得湘女所作字一束

氣候 陰 午后及晚雨

溫度

午前赴伯琅勃山之約與劉克襄算核股本金補水數日克襄乃書股本金四百兩收據交我以明日為良辰收據寫註廿五日
勃山伯琅治酒款具居停主人譚君約陪坐座夜深冒雨而返甚覺疲倦
得田兒大女禀 田兒欲承銷南洋兄弟烟草公司紙烟於蜀 田兒告其母夜體不溫 大女亟求四分游美之費
大女三女五女皆以楷書寄我觀覽五女且白話文一篇 其文字皆進大快慰得田兒楷書亦進

悠忽過日是學者通病便等閒斷送一生病源只是不自立（勞麟書）

十一月二十五日（戊午十月二十二日丙子）月曜日（即星期一）

民國七年學校日記

提要（修學）	讀陰符經
（治事）	
（通信）	于田兒
氣候	雨
溫度	

接田兒等上海全百函

冒雨赴東園至若非李南邠一人也

擬電致滄伯

滄伯以十一月五日到成都昨日通電今日始得該電

黃菊已殘秋後朵枇杷又放隔年花（周紫芝）

十一月二十六日（戊午十月二十三日丁丑）火曜日（節氣則二）

提要（修學 治事）

通信：致叔師
得張桂先函

氣候

上叔師書及什執四力終堪服官涉學之事

譯憲、

食

憲法審議會決定地方自治財產與國家財權劃分

赴惠霞根 聞軍府將以林葆懌督海軍以方聲濤會辦海軍軍務而以熊

存為省長蓋猶慮存也所以抑十山也 攻閩為競存獨戰無成之日而

溫度

軍政府乃有此令名海軍援助粵軍而聲濤所部加入前敵戰線猶可說

也海軍全令泊於汕頭聲濤所部任夏兩旅祇在粵軍後路騷擾不寧

且不受聲濤節制聲濤居潮州能調遣者不過補充隊一團罔事安有承平

之望

九成以五宣布廢止公文文戒

好名則立異立異則身危故聖人以名爲戒（李邦獻）

十一月二十七日（戊午十月二十四日戊寅）水曜日（即星期三）

民國七年學校日記

提要（修學）（治事）（通信）

氣候 姓 溫度

電諮伯以龍在被擄岳州大与中山接近者當警戒也

軍府覆書無認徐世昌僞統事

軍府於東園開世界和平慶祝會赴之中外人士皆至地狹人衆會場無容足地乃共北樓攝影後散矣

訪五章不晤留書予之以北庭將四川陝西福建劃出停戰範圍之外而含許蘭洲率奉軍入陝西王某率奉軍由浙入閩又欲將湖南四川問題另議而視陝西福建靖國軍爲土匪故也

氣候隨時應初寒宰已偏（程頤）

少年時代自覺有失行者幸福也（英諺）

十一月二十八日（戊午十月二十五日己卯）　木曜日（即星期四）

（提修學要）

（治事）
電錦帆諮伯凡省議會及各軍將領警告北庭對於蜀秦湘閩之消息
擬電寫電錄稿一人為之即費功夫半日也

（通信）
錢仮生
錢復生處電局阻滞列條蘭電寄之

雜
觀世界和平慶祝會進行於大新公司登其屋頂遠眺白雲諸峰之勝氣壓軒

氣候
日和意最適也

温度
赴伯琅家飲為勤山補祝四十二歲生日之慶
在伯琅家飲時余提議北庭對於蜀秦湘閩之舉動當籌辦法衆無異詞余不禁廢然也

山晴更覺雲含態風定閒看水弄姿（陸游）

虛心以求理平情以處物（張揚園）

十一月二十九日（戊午十月二十六日庚辰） 金曜日（即星期五）

民國七年學校日記

提要（修學）

（治事）

（通信） 得玉章書

氣候

有約商應付大局者然之決定會名為世界和平共進會會中議決事件會員應遵守之

食

昨日朋期約晤過龍社商川事及電賀滄伯入省比往而嗜賭不擬遮略息而退

得玉章殷卓書據盧仲蕊言已屬谷九峰詰錢能訓又電錦帆進兵於陝西以備北庭

溫度

寒魚依密藻宿鷺起圓沙（杜甫）

十一月三十日（戊午十月二十七日辛巳）土曜日（即星期六）

提要（修學）

氣候

得滄伯廿一日電請軍府委敏師為政務廳長遂成政務總裁

介女來書蓋疑上海新聞紙電促我還川之說也　內轉仲執擬成都致我

及田兒緘文抱一還安成　仲執擬成都遂成告公謂兒而以錢而欲我省

（治事）

食

中任一重職畏省外之多匪也其心已一變又言仲言姪與同行者爭渡橘斂

師調處得允八萬　抱一論函由法郵乃未接到怪極

溫度

南部人謝紀彝字用袖求不識也自北京來書云往年見面承鄉當僑書為

鄉局退還察其封面似肆業北京警官高等學校者

川滇黔陝四省議員及軍政人士會於米國商四省協會事

過黃小衡遂訪諸旅次得復生書復生託武尼武尼滯上海又託小衡

得成都廿三日寄電不能譯晚十時乃執電過玉章仍不得要領

（通信）

得介女滄女京　發十月廿二日

得仲執八日抱一九日成

得謝郎福成　發十月□日

提（修） 要（學）

（治） （事）

（通） （信） 月陳振中脫

氣候 讀道德經 伯琅以仲課及胡君頎就大理院職告滬勝李龍

游海幢寺寺創自南漢曰千秋寺今寺康熙十六年重建也內設稅局警察區署福

軍駐營益無可觀矣 聞太乙金華宗旨於文在茲書肆不得

廣州珠江南岸洲地縱橫數十里當州城正南為市曰河南攷海幢寺碑古

之虛城也 寺外遇謝良牧

溫度 晚七時聽李龍誦福音東園具主旨曰基督教救國

漢厓來電漢南已入南軍

靜坐已一禮拜 精神似稍稍寧靜與往者別為一境但坐后而目力每

發與微甚較未坐之先鈍也逾時始復

十二月一日（戊午十月二十八日壬午）

日曜日（即星期日）

兵家勝敗在最後之十五分鐘　（拿破崙第一）

十二月二日（戊午十月二十九日癸未）　月曜日（即星期一）

提要（修學）　（治事）　（通信）

氣候　焦易堂祭其母雅太夫人同鄉諸拜如禮以菊花奉

電滬伯

大函　參議院常會二罪適遇伯根　太古公司往來滬粵之新寧汽船由粵航滬觸礁沈沒吾恐劉克襄與其難往聞勃山克襄臨時改乘新祺汽船始夭也

食　姓

温度　仲謀餽我以豆豉醃白菜

簷前暗響鳴枯葉誰公試手初行字　（蘇軾）

怠勝敬欲勝義則其心死其舉偽（舒國發）

十二月三日（戊午十一月初一日甲申）· 火曜日（即星期二）

民國七年 學校日記

提要（修學）

氣候

陳吉人來流落不堪矣自誓再不還甚者非人類吾丁寧之者三助之數金

擬為籌路費若干送之還蜀

小注

午前補靜坐功課依伯琅之囑告聽其自然 伯琅謂我之坐後目力疲鈍係坐時用力太過精神受損

電復生因吳山函告電局通知瀛友全代出故

溫度

憲法審議會

斐然來復談川亂令人聞之慄然民人苦可知矣

得四勿書推論緒初之處只見用心而指瀛伯偏他偏此瀛伯固不免而陋則

不當此予尚氣衰之而甚懷足以有為

（治事）

（通信）

寄仁生

得四勿牋 二十三日

水花寒落岸山鳥暮過庭（杜甫）

十二月四日（戊午十一月初二日乙酉）水曜日（即星期三）

學易而好難行易而力難（王夫之）

提要（修學）

（治事）

（通信）

氣候

溫度

亂雲開樹暝寒雨驛燈孤（謝榛）

以禮義為交際之道以廉恥為律己之法（李邦獻）

十二月五日（戊午十一月初三日丙戌）　木曜日（即星期四）

民國七年學校日記

攝生

要（學

治（事

通（信　致沁庚示大女

溫度

氣候　陰四勿其論储初滄伯兩公之處略有正之而俟其不踞之論議不肖已獨出己見以事商

榷最後不得真確之解識而与昨為誠諶者不同也故必改之

大女務為異常吾力不佛惠潤若四切先赴美而醵金陸續寄之則冒險殊甚特

与說明此旨

閒居著書多歲月師訪昔作老詩鯖（王維）

十二月六日（戊午十一月初四日丁亥） 金曜日（即星期五）

（瓊辭）學無別法具是知一字得行一句知字一得行一句（辭瓊）

提要
（學的）

（事治）
氣候 憲法會議凡特別區域如蒙古西藏青海及熱河察哈爾綏遠科布多等地

（通信）

性
其已設縣制者為發達地方計當適用省制特提案焉

溫度

（白居易）朝波半露新沙地鳥雀傍飛欲宴天

以偉大思想發汝情神（畢困士卌特）

十二月七日（戊午十一月初五日戊子）　土曜日（即星期六）

民國七年學校日記

提要（修學）

（治事）

（通信）
得叔癡函 十一月六日去函
得復生函 十一月五日去函

氣候
早覽錫山計議電錦帆事
常會以人數不足延散

食
赴東園雲貴川陝協會成立會而會場為憲法促成會所先據遂改期
與楊西堂童萱甫夾
叔癡函告川中現狀有良者有非良者而復生錫卿兩人亦横生意見復生

溫度
又言必謀以兵真怪事也叔寶觀家叫如不過奈何
復生欲從省長觀其道尹任內一事不舉而又染烟癖安能有益地方耶諸伯若
辭川局必有變化念之為地方危矣
聞丁厚堂被殺有罪狀蓋錦帆之所為也亦其意而殺之積慮處心固如此耳

隊閒落葉疑飄雨　起對空庭蓋卷風（前昌父）

十二月八日（戊午十一月初六日己丑 京戲上午五時三十三分大雪）日曜日（即星期日）

提 修（要 學）

（治 事）

（通 信）

得田兒大女左女宗十一月廿六日
得抱一瓊唐陵十一月八日壬庚
得竹言陵十一月十二日發鄉
得不羔寄田兒陵書楓於九月廿七日

氣候

赴燕塘相地無當意者

今日吾母生日不奈小子者則七十一歲壽矣小子無狀勞勞人事既不能盡養於僉生前而今年今日又幾忘此重大之事罪通於天莫可逭矣嗚乎（夜歸始念及吾之志小子之不孝也）

大女亟謀其夫游美吾當成吾女若婿之志

溫度

田兒兄妹皆報 祭本生先君子之禮及粟祝 本生母之道

石芝師陵乃促全數匯富順與四弟言不同

浮躁之氣足以敗事（胡氏弟子箴言）

十二月九日（戊午十一月初七日庚寅） 月曜日（即星期一）

提要（修學）

治事

通信
發四弟
得肇樵、春吾、杏書緘

氣候
明日晤本生母六十三周歲壽辰，小子不克躬家拜侍，以慰門閭倚望之心，遂作

小雨
書寄四弟 范氏恤金大約不能借入，而石芝師款踰期，託秉璋士俊代

會
我説法借四百元

傳春吾見滄伯之入省也，來談諸候道尹之任官興可謂濃矣

本院常會 劉覽中華書局所輯中華地理全誌，裝古一綫括一西扇萬

溫度
也 邰山約商事，得張肇樵緘，告趙國泰劉攻龍潭情形

雅古書來緘，商議處縣事，黃農莊在崇寧失敗

慶陽來七日和氣漸舒徐（事文類聚）

志士不飲盜泉之水廉者不受嗟來之食（樂羊子妻）

十二月十日（戊午十一月初八日辛卯）火曜日（即星期二）

提要（學問）

（治事）

（通信）

電次伯索虔生鉛印

得曹慕韓廠

得田兒寄四日

發石先師索字上箋

氣候

風

会

西泉拜士從北具代假金四百以償石先師而剷石先師以得貸於將上海存金付

慕韓廠爲代催玉章償款往晤玉章不遇留字告之

因勃山被會剷之令連電諮虔錫弄詢厚堂彼救徒甚辭職實情

參院憲議會未設者之地方救主張已設縣別皆應施行地方制度之規定能發去

溫度

民族以交涌清游民政策以使文化智識不及彼居作徽古之漢民而太平之趨勢矣

凡數民族成一國家當求其平而後可相安也

早起整衣西向北跽念吾 母受釋之狀以心行九叩首禮

林烟漠漠鴉邊暗山骨稜稜竿外青（元好問）

著意讀作虛心觀理 (李光地)

十二月十一日 (戊午十一月初九日壬辰) 水曜日 (即星期三)

提要（修學）	氣候	性	溫度

勍山朝來告以我滄伯辭職遂往商玉章又赴軍府晤季龍大概給假治疾

東園憲法起草委員預選會雲貴川陝協會成立會赴之晚歸為協會

署通電草

（事治）（信通）

食曆今日吾本生父棄不孝華之忌日也忽忽十九周年矣追念當年茅屋數椽不蔽風雨床張一席無草為薦吾父病既重醫藥未進晨朝一家啟口煎牛皮菜粥一鉢米粒可數吾父強起進粥二碗下午忽痰壅以大小子奉侍無狀吾父屬纊不孝尚在市未還忽略之罪上通於天裝衣北面家闈默為祭奠之念不知淚之何從也吾子孫其以我為鑑而安之無忘祖若父之艱難

推求詩思清入骨 門對寒流雪滿山 (韋應物)

民國七年 學校日誌

不勤學則無以爲智不勤教則無以爲仁（太平御覽）

十二月十二日（戊午十一月初十日癸巳）木曜日（即星期四）

提要（事件）

氣候 微雨

溫度

電青揚俊生錫卿

訪精衛略說大局王法勤彭介石以上海數函見示故偕往與精衛商之

陳梅谷召飲赴之

張士麟來談

劬山為我妻訂藥方二以我妻咳嗽皆厥陰肝經症也

洪子蔵來談

（治事）

（通信）

得石麒子蔵信十二月十一日

電青揚俊生錫卿

天於麥隴猶慳雪人向梅梢大欠詩（曾茶山）

勤勉造光陰光陰爲黃金（覺維祈特）

十二月十三日（戊午十一月十一日甲午）金曜日（即星期五）

民國七年學校日課

提要（修身）	
（治事）	
（通信）	寄田兒書
氣候	微雨　冷
溫度	

示田兒教其毋忘先人境遇之苦又丁寧善侍其母病

憲法審議會　軍府給滄伯假一月留之

軍府議派中山先生伍秩庸汪精衛王儒堂暨伍朝樞為歐戰和議代表

伍秩庸老瞶而事事推轂其子朝樞令人齒冷

月照疏林千片影風吹寒竹萬重紋（戊景）

少不勤苦老必艱辛（陳獻章）

十二月十四日（戊午十一月十二日乙未） 土曜日（即星期六）

民國七年學校日記

提要（修學）	（治事）	（通信）
		致四弟及田兒慶女

氣候	陰	溫度

令田兒以儲金六百元備四弟游美之資餘當吾力及時為如何而後定之亦與四弟言之而明以示慶女者則無不盡

訪士逸假譚夜又譚於是川中軍事情形聯軍會議及省長事凡箇中真象殆無不明矣　士逸非日抵粵

凍雲愁暮色寒日照斜暉（方干）

匪言而言所階成時（明仁孝文皇后）

十二月十五日（戊午十一月十三日丙申）日曜日（即星期日）

民國七年學校日記

氣候：陰

溫度：

提要：

過士逸過迴龍社

（來函）

（通信）

志士惜日短愁人知夜長（傅元）

十二月十六日（戊午十一月十四日丁酉）月曜日（即星期一）

提要（修學）	（治事）	（通信）

氣候

本院常會改舉憲法起草委員去年國會非法解散而後議員之附逆者格於勢者頗衆不来廣州憲法起草委員解職者十有五人今日補選也（衆議院議員解職者中有憲法起草委員二十一人）投票後開票未及半

余

余遂出

士逸遥祝其母孫夫人七十壽辰拜南園治酒讌會赴之

溫度

流水千溪月寒巖萬壑松（張憲）

一生之計惟在於勤（梁國夫人宋若昭）

十二月十七日（戊午十一月十五日戊戌） 火曜日（即星期二）

民國七年
學校日記

提要 （學問）

（政治）

（通信） 得四妹兩牘

氣候 朝偕士逸赴軍政府謁季龍岳軍
憲法審議會改為談話會余遂去其後衆議院開緊急會

雜 偕士逸訪五章亦不過又為士逸布署他事遂未晚食事竟入肆飲牛乳
四川殷脩通入美情形非千四百元不辦而望救為之籌措亦太不諒矣哉
吾欲成其志為吾女也其求諸香草師乎

溫度

暖帳迎冬設溫爐向夜施（白居易）

絕對之自由便成不仁（拉夫威）

十二月十八日（戊午十一月十六日己亥） 水曜日（即星期三）

提（修）要（學） 氣候 溫度

函四弟促其將書請香草師 而四弟游美成行與否於此卜之已

上香草師書 為四弟游美無錢之苦 倪師代假銀行款八百元以本成公司股票作押品 管譯吾 師助也

參議院常會不足法定人數者二十人以上 決定次日午十二時行之

過士逸 茶會 先施天台

伯琅之太翁子仁先伯今年七旬大慶 伯琅以慰親為念 又聞其家將祝父母雙壽（伯琅姑孫太夫人卅年七十壽） 余邀約伯玉 士逸 介滂 瑞伯 復生 錫卿 洪卿 君青 揚告以壽日屬之備物焉

（治）（事）

（通）（信）

函田兄四弟

上香草師書

介成 瀛伯 洪卿 冊人

雞催葉枕司晨早 更咽寒城報點漏（殷堯藩）

讀書則此心常在（張栻）

十二月十九日（戊午十一月十七日庚子）· 木曜日（即星期四） 民國廿七 學校日[illegible]

提要（修學）

氣候

（治事）

（通信）

姓

溫度

代玉章譯電寄川為議和代表軍府有內定伯中之說

午十二時參院常會吾當選憲法起草委員此次補選十五人吾得票七十六

為最多純由本院同人自由投票未嘗有交換也然使我因是而益不敢

自放 議決南北和議代表非待閩陝湘鄂四省新增北兵撤退一律停戰

以前不能選派然軍政府則已派矣不顧也

李龍以允沖函來內謝辭節致中山先生電促給瀉假一月治瘧所見与

吾人同李龍主張非政務會議最力可慨也

一周月猪息及二百金寄人而耗費若此悚然

武尼白飲犀以吾為吝技窘救

肯其衔以千元交我即夜於東山酒樓特付玉章 蓋其衔為某公係敍館費也

雨霽鳴鷹鬧天寒聚鹿麋（謝莊）

十二月二十日（戊午十一月十八日辛丑） 金曜日（即星期五）

輕浮二字是子弟百惡之根（張楊園）

提綱（修養）

（治事）

（通信） 晴飯耶 發陳極吾

氣候 晴飯後 陰極冷

得太乙金華宗旨於巨川

廣東護法議會後修開談話會於北國會對於軍政府之波瀾延矣

雜 照還根聚飲議軍政府事也

軍政府行動不與國會一致且對於國會以詐不以誠吾知其必起波瀾故電告

溫度 四川

燒

衣着

仁者不以盛衰改節義者不以存亡易心 （夏侯令女）

十二月二十一日（戊午十一月十九日壬寅）土曜日（即星期六）

民國七年學校日記

提倡要項 （治事） （通信）

氣候

和平聯合會欲以省議會及各民團組織國民大會而浙江省議會宣言決不為其利用於是電告四川議會言之

食

讀太乙金華宗旨三次皆欲眠心靜神斂乃為此徵

溫度

任叔永來譚　士逸子華來　抑聞議者群不惜激決裂之始也（議會與軍政府）

尚疏留隨葉蒼淡戀殘陽 （僧宗乘）

爭論烈則眞理失（法諺） 祭天

提（件） 要（學）

（治事）

（通信） 得虎翁字

氣候

吳山來訪 午後士逸來 所定居之室先至者欲之士逸讓焉

東国世界和平會共進會成立赴之 五紀文言事

軍政府所定南北議和代表十人政學會之員居什七八將何以解於人之議其公也伯中與焉

會

勃山酬客治酒衆樂園北慶醉館以歸遇雨

溫度

以太乙金華宗旨所示徐徹袪吾之襍念微有進也凡事物皆貴勤學不獨道然吾請太乙金華宗旨反聽之妙於是始得假非百事之樓

校

吾神者必進一層矣

學道以來挈吾妻同事修養之念日以切至

庚翁來慨促四功學貲以一生苦樂為言吾知吾女之望之也

天時人事日相催 冬至陽生春又來（杜甫）

簡要之議論如黃金 冗長之議論如泥土 （德諺）

十二月二十三日（戊午十一月二十一日甲辰） 月曜日（即星期一）

要昆（學代）

（政治）

（通信）

氣候

陜伯申勸其勿應代表之任

晤玉章 晤王伯羣略道大局近狀頗悲觀而救行目前計劃將來伯羣之意也

余

任叙永凡科學社募金相屬

溫度

本院常會人數不足 伯玉特訪我於議會述明日召飲之旨

寒

執船買得魚偏美 踏雪沽來酒倍香 （杜荀鶴）

民國七年 學校日記

十二月二十四日（戊午十一月二十二日乙巳）火曜日（即星期二）

提要（修學）

氣候　早起稍晏飯后入浴乃静坐

（治事）四弟函將石芝師處書至

（通信）得四叔信

得劉曆唐信派那

得石芝師信四兒書　十一月廿六日

欲匯金澳門同鄉者以僑難告遂不果

会

過式尼久譚而玉章至又譚

伯玉斐然金仲蓀陳容甫韓達齊五人各飲欲有所商榷赴之大半皆敷衍之說余乃引入現在之時局僅得金仲蓀一二事之解釋而止以無化除意

溫度　見尚遠也

寒

熊克武派劉光烈為南北議和四川代表金兆棪也

道滬見李龍陵見名已過時矣

四弟抵滬游美而来索金且已將當護照船票真不知稼穡艱難也既苦其不諒又不能不容役非兒女我之謂矣

革新於家（林肯語）雲南倡義擁護共和紀念日

十二月二十五日（戊午十一月二十三日丙午）水曜日（即星期三）

提要（修學）

氣候　商五章見現金五百圓至成都交仲凱轉付石友師

商福武尼西曾仰欧借金四百為四分備學費。

（治事）

（通信）

食　兩院議長招宴憲法起草委員席終手超述季龍意季龍擬去之上海而欲我為司法部次長季龍行后即代理部務如此則并總裁代表亦代理之矣我於法非學未嘗卒業學校僅此一端已當遜謝且吾志亦

溫度　不在此

夜歸得季龍書蓋言次長事也吴山書有勸我任次長意

民國廿七年學校日記

老木寒更瘦　陰雲晴亦低（鮑溶）

十二月二十六日（戊午十一月二十四日丁未）木曜日（即星期四）

以時世裝自炫者裁縫匠之玩物（英諺）

提要（修學）

（治事）

（通信）
西兒慶笛
寄四弟仲凱四兄書

氣候
寄四弟德堪慶笛書 告以曾養甫借款及吳玉章先款而珍重四弟美洲之行
又四弟行後慶笛事姑之道

會
寄四弟書 告以先款還 不足師辦法且令其不扣匪費 并催仲凱言之 電報不能必達 最末發電
訪徐季龍 說明我不能任司法部次長之故 并勸渠勿萌去意

溫度
唐寶諤名欲求爲有要事奉商家訪之乃北京司法部褫其律師資格 將呈請軍府司法部爲之昭雪也
伯玉來飯約過其寓謂川省有小舟 風大夜深無舟可渡乃已

紛紛落日牛羊下黯黯長空霰霏來（陸游）

問難之意彼此共之有疑則問毋擇其類（張楊園）

十二月二十七日（戊午十一月二十五日戊申）金曜日（節居期五）

民國廿七年學校日記

提要（修學）

上香草師書告以不能即日還上海且中西均謝美貸金之請

快示田兒廣女令田兒往賠仰歐以四勿如行則行期近也

玉章告商世界雜誌事而欲我任中文編輯之一

訪伯玉不遇擬玉章言則川中有電致渝府請仍令鄧帆為省長署名者大半五師軍人

過伯琅旋車站北風凜冽夜寒砭人止伯琅家未歸宿而與劭山共榻

（治事）

（通信）

得廣女寓處快函示之並示田兒

上香草師書

氣候：晴　北風

溫度：寒　夜尤甚

隔牖風驚竹開門雪滿山（王維）

不以所能者病人不以人之所不能者愧人（禮記）

十二月二十八日（戊午十一月二十六日己酉）土曜日（即星期六）

民國七年學校日記

提（修）（治）赴同善社

要（學）（事）

通（信）得山兒大女賀[illegible]
賀[illegible]及[illegible]書

氣候

朝修勃山過玉彥敘承濟桐油事業及煉炭製鐵煤氣小汽船計畫
晤伯玉渠謂見兩電一熊斷並休蘊蘭一李樹勛皆主張以錦帆兼督軍事民
政者又謂聞洪孝所部亦有此類電報而伯玉斐然欲同我合電滬伯勸
其委曲將事以全蜀局別由軍府電錦帆以勸止其屬之員屬之

姓

王乃昌廣西王伯羣貴州居正彭介石湖北陳嘉會湖南溫世霖直隸蔣鴻

溫度

寒

圖河南王湘及余九人會於西濠酒店餐樓之西室討論國家進化之
涂懺及吾人應負之責任思擬定辦法焉是日也大體略定而未決
覺生酬客具父母七十七壽而友輩僭備儀奉觴以祝也
田兒大女來稟言四勿游學事吾妻雖外國樂
得林鏡台曾天宇韓甄書　鏡台言川事曾韓並致謝意

日出寒山外江流宿霧中（杜甫）

方寸憧憧學者通患惟主敬可以攝之 （張楊園）

十二月二十九日（戊午十一月二十七日庚戌） 日曜日（即星期日）

民國七年學校日記

提要（學 作）

（治 事）

（通 信）

氣候

昨夜劉輔周晤我於照霞樓頗以去之辭司法部次長為失當具陳義則謂川省人士素淡然惟位遂中樞無人而地方事亦遂聽人宰割及還廣袁獨臣亦來電話詰責且約今日赴迴龍社謂鄉人皆不樂我之辭也吳山朔來訪

會

下午遂赴迴龍社諸同人乃欲為季龍言之而告我以必行也

赴東園世界和平共進會

溫度

任叔永將還上海玉章餞之約陪飲於謫仙樓上

波明横湘出風急遠林空 （朱 熹）

所見所聞不可不期遠大（程伊川）

十二月三十日（戊午十一月二十八日辛亥） 月曜日（即星期一） 民國七年學校日記

提（修） 要（學）

（治 事）

（通 信）

氣候

憲法起草委員會開談話會第一次也國會解來撥開會於南憲法起草委員會規則亦參從得今日由舊委員中退擇大體列爲若干條以資遵守國家禍變之痛從可知矣

溫度

余

參議院常會又不足法定人數

士從選新居特過之則渠已昭岳軍吳山言次長事而與吾約如事成者吾不能再辭且申明爲鄉人公意鄉人爲四川計雖犧牲贊譽亦欲吾任之鄉人志在將來吾於是難矣允之則必合議員中不諒者之譏訐不允則又拂鄉人好友之公意祇得應曰服從公意蓋勃山亦責我不應愛護一己而當供獻其身於國於地方也吾思與李龍言之勸其從吾言不去則次長之議可止夜遇李龍於是盡情以告

萬木自凋山不動百川皆旱水長深（李攀王）

立身行道揚名於後世以顯父母孝之終也（孝經）

十二月三十一日（戊午十一月二十九日壬子）

火曜日（即星期二）

民國七年 學校[illegible][illegible]

提要（修學）

（治事）

（通信）

氣候 晴不足師 告匪躬也

赴四濠議事，遂觀活動寫真

会 五時還寓，料理除歲應辦之細事，還諸友朋欵

溫度

流年速似一彈指 世事多於三折肱（陸游）

民國元年元旦即舊曆辛亥年十一月十三日

試驗成績表

第　學年　第　學級　生

年　月　日　試驗

冊題

父芙卿公　生丁未年六月廿五日　前清道光廿七年月建丁未日建壬申
（民國紀元前六十五年八月五日）

母氏華　生丁未年十一月六日　前清道光廿七年月建壬子日建壬午
（民國紀元前六十五年十二月十三日）

謝忌期

父　民國元年一月十七日（陰曆辛亥年十一月壬辰廿九日）

母　前清宣統二年十一月癸丑十三日　歲次庚戌月建戊子
紀元前二年十二月十四日

升日						試驗人數
分						
數						
升日						試驗名次
分						
數						
升日						平均
分						
數						

試驗成績表

試驗	年	月	日

第　學年
第　級生

册

題

本生父鈍湖公　生前清咸豐三年歲次癸丑十月十六日
附后蔣　歿前清光緒廿四年歲次戊戌十一月廿九日即紀元前十四年
本生母氏林　生乙卯年十一月丁卯朔八日即紀元前五十七年十二月廿一日前清咸豐五年
敘　生前清光緒元年歲次乙亥十二月丙子朔乙酉廿二日即紀元前三十六年一月十八日
妻鍾氏　生前清同治十三年甲戌十二月丁丑朔乙未廿六日即紀元前卅七年二月二日

科目						試驗人數
分數						
科目						試驗名次
分數						
科目						
分數					平均	

試驗成績表

試驗成績表

第　學年　第　級生

年　月　日試驗

問題

試驗人數						科目分數
試驗名次						科目分數
	平均					科目分數

試驗成績表

往來要信表

來信	來處	何人	來信	來處	何人	去信	去處	何人	去信	去處	何人
月 日			月 日			月 日			月 日		
月 日			月 日			月 日			月 日		
月 日			月 日			月 日			月 日		
月 日			月 日			月 日			月 日		
月 日			月 日			月 日			月 日		
月 日			月 日			月 日			月 日		
月 日			月 日			月 日			月 日		
月 日			月 日			月 日			月 日		
月 日			月 日			月 日			月 日		
月 日			月 日			月 日			月 日		
月 日			月 日			月 日			月 日		
月 日			月 日			月 日			月 日		
月 日			月 日			月 日			月 日		
月 日			月 日			月 日			月 日		
月 日			月 日			月 日			月 日		

收入款項

收入款項

上海

月日	摘要	百	十	圓	角	分	釐
四、十、	存銀行	一	〇	〇	〇	〇	〇
截至此日	收存現金	〇	四	〇	〇	〇	〇
〇	范氏虾金（收據匯來）	一	〇	〇	〇	〇	〇
〇	大人借金	〇	五	〇	〇	〇	〇
〇	湘仙借入（以上共提二百帝替金）	〇	五	〇	〇	〇	〇
四、十三、	粵匯（三月代收匯分費伯說）	〇	八	二	〇	〇	〇
五、三四	粵匯（[illegible]系代交）	二	〇	〇	〇	〇	〇
同	收[illegible]火食[illegible]	一	一	〇	〇	〇	〇
五、廿	吳玉章見四月份[illegible]收入	二	〇	〇	〇	〇	〇

月日	摘要	百	十	圓	角	分	釐
	共計						

收入款項

收入款項

月日	摘要	百十圓角分釐
	共計	

月日	摘要	百十圓角分釐

支出款項

支出款項　四月

月日	摘要	百	十	圓	角	分	厘	[illegible]
三、十二	付有恒東京陸一個月之費	一	六	餘	〇	〇	丁	小幣
四、十一	託香草交大洋上海	一	•	〇	〇	〇	〇	日幣
五、廿五	由上海匯購書	一	〇	〇	〇	〇	〇	日幣
七、九	在上海用還東京借款	〇	五	〇	〇	〇	〇	小幣
共計								

支出款項

一月廿四日節上入北京大洋十一元壹角 國級救國無息借券交滬

下存六百五元

支出款項

月日	摘要	百十圓角分厘（數目）
六、十一	付吉人去港紙（未帶去）	〇廿〇〇〇 備用
六、十六	同上廿卅紙	〇廿〇〇〇 円
六、十七	四去港紙	百〇〇〇九〇 円
	以上三筆	
	共合處洋	百四．〇〇〇
	除存處洋86元	
	折合現洋	七七[illegible]〇〇
	別給現宋一張	
	証八陳漢侍	
	撤去處洋二元七角	
八、十四	上海去去	一七〇〇〇〇 侯侯
共計		

實踐倫理提要

第一 對於自己之義務

甲 對於自己之心靈

一 修養之心得

1 決心　第一修養
2 實踐　言行一致
3 忍耐　耐苦持久毋浮躁中輟
4 勇氣　情慾之誘惑以勇氣排除之
5 致知　正邪善惡勿誤其判斷失其肯綮
6 修情　善行以同情覺情爲本，情之修養爲樞要
7 反省　默想冥思以改過悔非日新其德
8 自重　備威儀保尊嚴而不失於高慢
9 慎獨　當以方正謹嚴自持不懈
10 誠實　戒虛妄掩飾欺己詐人
11 常識　知識圓滿戒偏狹

二 修學之心得

1 立志　立一目的不撓不屈期於大成
2 勉強　應當修學之時勿懈弛延緩久則自成習慣
3 忍耐　不可因艱難挫折而廢止
4 綿密　觀察周到思想精細毋粗鹵求速
5 進取　勿以稍有所得而自安乏進取之勇氣

三 言語之注意

1 有品位　言語者代表其人物粗鄙之言不形於口
2 當慎重　戒虛飾誇誕媚諂
3 當修練　言語爲交際上之利器故宜熟練
4 宜明瞭　先整頓其思想而以明瞭之音節發表之

四 動作之注意

1 有品位　粗暴鄙野放恣輕躁開步之舉止爲無品位
2 合規則　應對進退飲食容儀合適當之規則
3 主謙讓　勿驕慢勿誇耀勿卑怯勿高傲
4 努勞動　勞動者神聖也閒游度日爲最卑之人類
5 務自治　勿賴他人之監督勿恃他人之代勞
6 尊獨立　破除　樂人之善勿效人之尤獨立自主勿隨俗

乙 對於自己之身體

一 生命之貴重

1 不爲有害康健之行爲
2 戒暴戾爭鬪
3 戒行險徼幸
4 宜犧牲生命時不顧惜
5 正當防禦

二 身體之貴重

1 注意姿勢毋妨礙其發達
2 改良惡習如纏足細腰等
3 多運動　增血氣助消化強筋力爽精神
4 鍛錬身體　習勞動耐寒暑則疾病不易侵
5 注意清潔　勤沐浴四時不間
6 作息以時　大抵勤學八小時娛樂八小時睡眠七八小時爲最宜

三 飲食之注意

1 材料及其配置分量烹調方法當適宜
2 注意清潔　食物飲料均宜檢查
3 養成質素之習慣
4 飲食有定時有程限養成習慣
5 戒嗜好品　烟酒宜戒絕　宜節用

民國十三年要事表

齋志求精學一技藝然後可以立身治家（陳宸赤）

一月三日（癸亥十一月二十七日辛巳）木曜日（即星期四）

民國十三年 國民日記

提要
得劉禹何書 十二月十七重慶
得楊少何書 十二月廿四日常德

（氣候）晴
（溫度）

得楊少炯書情也之念深矣　黃季陸還自美國
由坎拿大美國墨西哥匯國華僑二百餘人十之九不堪坎拿大苛虐而出境者今日船到
上海明日原船駛香港乃能大宴上海各界人士於大東酒樓備述坎拿大墨
西哥虐待華僑之事而致慨於國無良政府雖有南方政府然向坎拿大
墨西哥抗議然南政府又未得國際承認云云又因曾從賄選在國外者
頗受外國人揶揄舟氏上海出欲見護法議員不與賄選者尊崇精衛
蓋介紹我與天民秋白（皖穎州人張氏）鼓掌震屋亂為手足以見人心之
是非矣

一月四日（癸亥十一月二十八日壬午） 金曜日（即星期五）

（候氣）（溫度）

得佩巖欽秀書 十二月廿六日

得陳雲輝書 十二月十九日 姓

提要

陳雲輝自新加坡來書烏乎倩思文乃死於汽車之衝壓也去年十二月十七日上午十一時被傷其夜十二時半與世長辭年六十四歲死於外國死於非命識者又口實矣悲夫

傳名於不朽在事業不在子孫（英諺）

提要

氣候｜溫度

一月五日（癸亥十一月二十九日癸未）土曜日（即星期六）

民國十三年國民日記

一月六日（癸亥十二月初一日甲申 京城下午九時五十二分小寒）日曜日（即星期日）

提要

（氣候）（溫度）

平生志不在溫飽（王曾）

限制自由即保護自由（赫胥黎）

一月七日（癸亥十二月初二日乙酉）

月曜日（即星期一）

民國十三年
國民日記

提要

章女士以救将之男治酒壽余徒使余悵然遲暮之感

（天候）小雨

（温度）

精神不用則廢廢則疲疲則不足用則振振則生生則足（羅介山）

一月八日（癸亥十二月初三日丙戌）火曜日（即星期二）

氣候 晴 溫度

提要

偕羅甫民來家吾妻率介眉女出見吳山在焉余振重致詞嚴男女交際之辨蓋余知舊俗婚姻與世人所稱自由婚姻胥有流弊故由為父母者慎擇子弟若可以為女之壻矣乃介之於女俾自擇之今日介吾女見甫民之始也然祇決定可為友否耳不重其詞焉是以別嫌明微耶

法律無終食之間可離者也人之文野以法律之有無爲差（孟德斯鳩）

一月九日（癸亥十二月初四日丁亥）水曜日（即星期三）

民國十三年國民日記

提要

謁香草師商借款千五百元又及炯明悔罪事

（更溫）
（氣）

一月十日（癸亥十二月初五日戊子）　木曜日（即星期四）

民國十三年國民日記

（氣候）（溫度）

提要

夜集四川黨員之客上海者議大會代表事

兄須愛其弟弟必敬其兄勿以纖毫利傷此骨肉情（方正學）

廣積不如教子　避禍不如省非（李邦獻）

一月十一日（癸亥十二月初六日己丑）　金曜日（即星期五）

提要

（候氣）晴

（度溫）

初擬明日赴粤，至晚雜事紛集，忽与吾妻鍾夫人忤，雖旋悔之，而吾妻已不堪其苦惱，竟病，幸不屬耳。

民國十三年國民日記

一月十二日（癸亥十二月初七日庚寅） 土曜日（即星期六）

（氣候）晴 （溫度）

提要

收佩嚴、勃山。勸佩嚴教子勿徒嚴也。

以已赴粤之詞謝客，得一日之閒，讀薩天錫詩。

托真如代收四月匯金三十鎊。

四兄未索文六念先伴十六日生則十二月廿四日建庚午也

眞實爲萬事之根本一切才力最大之要素（加黎）

提要

得四弟金冬月十九日、燮瑜冬月初十日書

得尚絅十一月廿九日函

（氣候）　溫度

小晴

四弟欲舉母柩与父合葬於川峰坳其地雖不合乎形家者之言而可以安吾親之魄不至憂水若風也小子當審而后荅

德堪之婦舉一女吾於是始有孫　誕生於去年十二月廿二日即陰曆癸亥年十一月十五日（日建己巳）　得四弟言吾夫婦皆喜女孫之育而孕婦之安全也焚香祀　先人

金山姪窮病且死四弟函詢濟金山之數

附註　八月二十日德堪來上海乃悉吾孫女念先雄於民國十二年十二月廿四日子時即陰曆癸亥年冬月十七日（日建辛未）也此事錯誤如許令人發笑當時有冬月十九日治酒慶三朝之說我蓋已疑其有誤矣　十月廿三日記

一月十三日（癸亥十二月初八日辛卯）

星期日（即星期日）

民國十三年國民日記

一月十六日(癸亥十二月十一日甲午)

水曜日(即星期三)

提要

(氣候)

(溫度)

借救濟熱得 以汪季常代世及大女三女吳文皆送至黃浦江干利生上

送至吳淞口外

惟精勤而後有熱望有熱望而後所得者多　（乞克斯刻）

一月十七日（癸亥十二月十二日乙未）　木曜日（即星期四）

民國十三年國民日記

提要

舟中。

吾父忌日

（氣候）（温度）

非有豎立萬仞根基何處下圓活手段（彭兆蓀）

二月七日（甲子正月初三日丙辰）　木曜日（即星期四）

民國十三年
國民日記

提要

（氣候）（溫度）

遭必不能免之禍當泰然自若不可擾亂其心（佛蘭克令）

二月八日（甲子正月初四日丁巳）金曜日（即星期五）

民國十三年國民日記

提要

訪馮子恭說別始知四川船今日由廣州開行遂令李逸廬檢點行李与麻兄還庵梅谷志言瑞丞士楷人龍皆送至舟下午四時將解纜乃別去陳興漢特市酒果親來舟送別時促不及談話握手道珍重而已四时半開船公僕不知我兩人之行也

在舟為造條履乙張算

氣候（溫度）

二月九日（甲子正月初五日戊午）　土曜日（即星期六）

提要　氣候　溫度

泊香港　作書寄中山先生公階楊子毅梅谷錫卿滄伯

遇吳俊初曾芷庭俊初為隱者事赴上海芷庭則奉孫武命將之日本

失意事來治之以忍快心事來處之以淡（陳眉公）

二月十日（甲子正月初六日己未）

日曜日（即星期日）

提要

早六时后开船，风不能朝食。

午后散步，遇张锐波，知子仁尚在香港。

氣候　溫度

無自由則國家不能存無德行則自由不能存（盧騷）

二月十一日（甲子正月初七日庚申）

月曜日（即星期一）

民國十三年國民日記

提要

（氣候）（溫度）

風略微書　夜大風不安卧矣

總理就職於南京臨時大總統府（管仲）四紀念日

二月十二日（甲子正月初八日辛酉）火曜日（即星期二）

提要

風　船逆風而行，其進甚緩，計程約多行一日，今夜不能達吳淞。難不適，飲酒仍不適，蓋年之不我待也。

（氣候）（溫度）

民國十三年國民日記

凡人立身斷不可倣自了漢（唐甄修）

二月十三日（甲子正月初九日壬戌）

水曜日（即星期三）

提要

風息

氣候

溫度

晝之所爲夜必思之有善則樂有過則懼（李邦獻）

提要

（氣候）（溫度）

二月十四日（甲子正月初十日癸亥）　木曜日（即星期四）

人心放他自由不得（高景逸）

二月十七日（甲子正月十三日丙寅）

日曜日（即星期日）

提要

風息

（氣候）（溫度）

爲人謀事必如爲己謀事而後慮之也審（史搢臣）

二月十八日（甲子正月十四日丁卯）

月曜日（即星期一）

提要

自廣州還滬家人初以爲吾不即歸叩門始知之舉家欣喜

（氣候）陰

（溫度）

民國十三年國民日記

二月二十五日（甲子正月二十一日甲戌）

月曜日（即星期一）

（氣候）　一　陰

（溫度）　寒約四十度

提要

為彭顕臣事致　大元帥

太㶿偕劉覺民来訪　覺民名錫哲豫之罩縣人努力於國事者也

日駐泥武官豬瀨彦乙同村寧次邀飲月迺家花園赴之微醉

棄約越義而生不如死（楚昭王夫人貞姜）

二月二十六日（甲子正月二十二日乙亥） 火曜日（即星期二） 民國十三年國民日記

提要

（候氣）　陰

（溫度）　寒四十六度

欲習字出市紙筆　訪彭顯臣介紹之於大元帥為劉輔卿也

減組安摩基介紹劉覺民與相見也

二月二十七日（甲子正月二十三日丙子）

水曜日（即星期三）

見地要高明踐履要篤實所謂知崇禮卑也（張履祥）

（天候）陰微雨 夜雨雹

（温度）寒 五十度

提要

筆南來狂喜不過問且一年忽至洵出望外也

浮躁最害事輕佻亦然昏惰亦然（胡敬齋）

三月七日（甲子二月初三日乙酉）

金曜日（即星期五）

提要

得電 得楊瑞亭緘 得梅谷公階書

得陳銘紱孔度宗書 寄端丞書

寄公階梅谷志言端丞向南榮與濱書 五日作就

第一區分部開會 瑞亭介紹馮李杜三生來見欲考軍官學校也

身體不適左脇下如有物漲大著其肝病耶胃則雖失常也

（氣候） 晴 特寒

（溫度） 早三十八度 午四十二度 晚三十九度

三月八日（甲子二月初四日丙戌）　土曜日（即星期六）

提要

寄吳醒亞張積元書　致李伯英

上大元帥書

（氣候）（溫度）

微雪　四十二度

薦譚佛心王太嶽及李國煌於　大元帥　李國煌部同志也我不識其人亞

醒亞所一并怒湘也

漢岸既敗匪款又不至遂致李伯英促匯千金

自由以法律整理積極力也偽自由則毫無限制消極力也（夫適士）

三月九日（甲子二月初五日丁亥）（祀孔）日曜日（即星期日）

提要

追悼列寧於少年宣講所赴會拜祭

夜冒雨訪黃明欽陸樊卿黃次九胡辰堂惟明欽見

夫人病昨日赴叔庭家風風也

陳雄甫來如王伯川林隱青兩事所見有足采者

（氣候）	（溫度）
雨	四十一度

民國十三年國民日記

順吾意而言者小人也急遠之（申涵光）

三月十日（甲子二月初六日戊子）月曜日（即星期一）

提要：得靜安大哥及鄭峻生書
得張文湘函　致曾憲武

氣候：侌　晚雨极微

溫度：四十二度

伯行來自南京，又數月不見矣。伯行有童女傭實秀，姓李名碇人，偕來寄食吾家，我不能婢視之也。

靜安書至，約陰二月半將來滬。

體欲厚重色欲温和（呂新吾）

提要

（氣候）（温度）

三月十一日（甲子二月初七日己丑）

火曜日（即星期二）

民國十三年國民日記

能治生則能無求於人無求於人則廉恥可立禮義可行(張履祥)

三月十二日(甲子二月初八日庚寅)

水曜日(即星期三)

提要

(氣候)(溫度)

服從與獨立名相反實相成（鳥阿通阿）

提要

得漢摩函二月廿三日瀘州

氣候 | 溫度

三月十三日（甲子二月初九日辛卯）

木曜日（即星期四）

自修理自教育智識之基礎也（斯邁爾）

三月十四日（甲子二月初十日壬辰）

金曜日（即星期五）

提要

（氣候）（溫度）

儒者立心便以四海九州爲己其功夫則自克勤小物做來 （張履祥）

三月十五日（甲子二月十一日癸巳） 土曜日（即星期六）

提要

得漢群函二月十五日瀘州 得楨術之函二月廿九敘州

（氣候） （溫度）

三月十六日（甲子二月十二日甲午）

日曜日（即星期日）

對失意人不談得意事處得意日莫忘失意時（史諸）

提要

氣候（　）溫度

自由自由天下古今多少罪惡假汝之名以行（羅蘭夫人）

三月十七日（甲子二月十三日乙未）　月曜日（即星期一）

民國十三年國民日記

提要	天氣	溫度
戊後演　得四弟書　陰正月十六日	陰	四十二度

吾母死惟葬為最後大事不孝如持所欲自盡者亦惟葬事乃時越閱三年而不得還家所謂卜穴未之能行迨日安葬四弟五弟憂時之亂而慮殯宮之不可久遂決定啟殯扶柩歸葬於 父墓之右陰正月廿日啟殯廿二日葬自野鴨池至川峰約三十餘里故越日而葬據 四弟書墓砌用石灰塗之沿溝砌石為拜掃之台 母柩厚重用舉柩者兩班二八人共十六人然柩重道艱終慮其有不謹也得四弟次書來吾心乃安

葬母於 父墓 弟曾來函商然未得吾同意而遽行固鑿斟酌然兩弟用心則至孝而慮也則至深也

自反二字是省事發氣最上法門（魏禧）

三月十八日（甲子二月十四日丙申）

火曜日（即星期二）

提要

得中[illegible]

（氣候）陰

（溫度）

上海執行部特別會議之大會宣言之謄改者為不可也

右任以石孝先向子春曹利生將退學告我頗急並往晤叔璇偕赴校大斥子春孝先其時利生已赴我家相左不得見

爲無益之事雖勤猶惰（英諺）

三月十九日（甲子二月十五日丁酉）　水曜日（即星期三）

民國十三年國民日記

提要：晤海濱

氣候：晴

溫度：

張壽崇來言東大陸石油事

過吴梅修，留飲。梅修与燕子才同居，頗潔。歸時復過叔癡，泛論時事

必謹言吴秉均有川事須熊楊謝合作說我未嘗与人競而競者必自及

叔其以肖管事肯議論耶

爲海濱言時言報事

人生無論所處何地皆有當然之義務（亞只遜）

三月二十日（甲子二月十六日戊戌）（春社） 木曜日（即星期四）

提要：發右任　發朱君重　發海濱德鄰

（氣候）晴　寒午後微燠

（溫度）五十度

台向予索安根及寗利生君荐先訓之函發右任

赴杭行委員會閱勞動運動計畫書鄧安石等也略有不備然要處甚好

洪德鄰言宣傳須軍　特函海濱并致德鄰

待人要豐自來要約（呂近溪）

三月二十一日（甲子二月十七日己亥　京城上午五時六分弃分）金曜日（即星期五）民國十三年國民日記

提要

寄四弟暨勁山書　得梅谷書

（氣候）小[illegible]

（溫度）

遇詭詐人變幻百端以至誠待之彼術自窮（中涵光）

三月二十四日（甲子二月二十日壬寅）月曜日（即星期一）

提要

氣候

溫度

人既知愛生命則勿濫費時日時日者造生命之原料也　（佛蘭克令）

三月二十五日（甲子二月二十一日癸卯）　火曜日（即星期二）

民國十三年國民日記

提要

得四德堪書　陰正月廿九〔七〕日家中

陰正月二十日起　本生母林太夫人柩廿二日茶與塋柩至川峰坳二十三日未時安葬辰時破土作壙　德堪述較詳故并錄之　德堪去職家居吾夫婦慰矣

（氣候）

（温度）

三月二十六日（甲子二月二十二日甲辰）　水曜日（即星期三）

提要

得仲執書　五日成都

陰三月十二日仲執將葬吾妹於其祖塋以書來告其自成都扶柩還黃鎮舖也率一男兩女以行焉乎吾欲為文祭吾妹則吾本生母之葬也小子未得祭焉是不孝者亦不見也焉乎

（氣候）（溫度）

作事將成功時其困難最甚（機埃的）

三月二十七日（甲子二月二十三日乙巳）　木曜日（即星期四）

提要

亡亦

德堪今日滿二十九歲，我念川亂，遂發函台之來滬。[illegible]

氣候　溫度

民國十三年國民日記

三月二十八日（甲子二月二十四日丙午）

金曜日（即星期五）

提要

你你你汲乙我你

（氣候）（溫度）

我們

大思想

四月十二日（甲子三月初九日辛酉）

土曜日（即星期六）

民國十三年國民日記

提要

得王了人書

（氣候）（溫度）

了人欲師我，我無可法者，當謝之。

簡言擇交可以無悔，吝可以免憂辱。（李邦獻）

聽婦言乖骨肉豈是丈夫（朱用）

四月十三日（甲子三月初十日壬戌）

日曜日（即星期日）

提要

得海頌片　得洪五鄉書

李納来約游西湖

飲於同興楼

（氣候）（溫度）

輕諾者必寡信與其不信不如弗諾（申涵光）

四月十四日（甲子三月十一日癸亥）
月曜日（即星期一）

提要

得洪孟鄰書　得朱春黎書　得張仲岑賤（柏林三月十九）

過季陶邀偕謁香草師

買書

（氣候）
（温度）七十四度

在我既實見以爲是即當置毀譽於度外（畢達哥氏）（李邦獻）

四月十五日（甲子三月十二日甲子）　火曜日（即星期二）

提要

得鄭嶽牋　得佩嚴書　得莊壽牋

復佩嚴　寄四弟書　復鄭嶽

（氣候）　（溫度）七十八度

四弟今年滿四十歲而兄弟相別十又三年矣望其偕五弟携德華德和兩姪來上海也

鄭嶽索欵於吾意其父交吾弟兩百緡當係償峻生借欵（峻生去年秋借學費其父去年冬交兩百緡）已分屬吾弟及峻生查之

佩嚴言于春事詳告之並謂我償渠乙巳借款事擬本息共償百元上海百圓值百八十六份當順百元值三百四十餘緡要皆有差佩嚴非計較錙銖者必不與議所慮其夫人或以為言耳

香草師生日午后往祝遂留飯夜半歸

夜半燮卿來醉至二時辭去醉者多失言燮卿其太甚爾

能守法律則法律保護之（法律金言）

提要　得他人度書

（候氣）八時九時許小雨　侌

（溫度）五十二度

吾妻游吳淞赴中國公學姚君枚黃浦江紀念會三女昨夜還家迎其母故晨
七時吾妻吾女遂行氣候微寒午乃大寒大女慮吳淞風大而其母衣單
也特還家檢衣袴命工人送往又復返學校受課
行年五十而知四十九年之非今始知古人之言之出自實踐也今吾自治力尚弱
每事前知非而不能自克事後輙悔而已不可追
駱翰遐函錄楊子惠霞李實忱電四月佳電見告辛漢摩之無恙也

四月十六日（甲子三月十三日乙丑）　水曜日（即星期三）

民國十三年國民日記

四月十七日（甲子三月十四日丙寅） 木曜日（即星期四）

生命可棄名譽不可棄（英諺）

提要

得靜安大哥及緯明函書

（氣候） （溫度）

夫人歸自吳淞

香草師筌君竹蓀泗泉式廡季誦來吾家便飯吾期其早至遂未赴

中〻上海執行委員會之議

覺人之詐而不說破待其自愧可也（申涵光）

四月十八日（甲子三月十五日丁卯）

金曜日（即星期五）

提要

得樹芳諸人書　得張志潤曾利生曾蟾情函

發仲愷季陶書　發雾照

天候氣　溫度

十一

野兔和公雞

野兔扳了一把草

民國十三年國民日記

四月十九日（甲子三月十六日戊辰）土曜日（即星期六）

小人當遠不可顯爲讎敵君子當親不可曲爲附和（申涵光）

提要

發心頫懷情樹芳淵濤志言書

（航候）、

（温度）

大女足部作腫

病從口入禍從口出（傅元）

四月二十日（甲子三月十七日己巳 京城下午四時四十五分穀雨）日曜日（即星期日）

民國十三年國民日記

提要

晚溥泉稚暉

氣候 溫度

溥泉謂中央監察委員會文件用鄉官場氣太重稚暉則以無功不受薪也

羅甫民來所談皆家常事 甫民約晚飲赴之

自由者以不侵犯他人之自由為界（黑智兒）

四月二十一日（甲子三月十八日庚午）月曜日（即星期一）

提要
得周人龍朱鈞石洪、啟　訪溥泉不遇
澤如來函

（氣候）
（溫度）六十八度

汝玉出痲子我偕夫人往視之迺赴法蘭西火輪船公司探四勿行程
澤如以調查守常不守黨義事屬上海工於規避若也

機會多失於躊躇（撒伊拉士）

提要

氣候

溫度

四月二十二日（甲子三月十九日辛未）

火曜日（即星期二）

民國十三年國民日記

四月二十三日（甲子三月二十日壬申）

水曜日（即星期三）

提要

（氣候）（溫度）

無怨久安　無懼初難（呂近溪）

可憐之人皆不自憐之人故無爲人所憐（高深甫）

四月二十四日（甲子三月二十一日癸酉）　木曜日（即星期四）

民國十三年 陽曆日期

提要

四初監張貞如學友今日下午三時半抵滬船泊黃浦碼頭吾夫婦大女及必莅可亭兩兄章景文女士伯純姪倩張叔沅曾吉玲羅君貞如戚皆往江岸迎之不見久矣且學成還國歡樂不可言喻也數萬里重洋而使息於三等艙位尚能精神奕奕其心境固有可樂在歟

（氣候）　（溫度）

用舍在人不在我行藏在我不在人在我者道在人者詩
(黎

提要

四月二十九日（甲子三月二十六日戊寅）

火曜日（即星期二）

（氣候）（溫度）

民國十三年國民日記

不能不欲勿施於人者自由之界限也（法革命黨宣言書）

四月三十日（甲子三月二十七日乙卯）　水曜日（即星期三）

民國十三年國民日記

提要

得德湛姊寄慶眉姊妹書　陰三月十二日寄順

得易受虎書　陰三月十四日寄順

（氣候）（溫度）

五月一日（甲子三月二十八日庚辰）木曜日（即星期四）

子弟童年父母師長嚴者多賢寬者多不肖（張履祥）

提要

寄四弟五弟書 示田兒

得洪岸書 爲三月十二日瀘州

（候氣）（溫度）

不能制己不能自由（孔子語）

提要

五月二日（甲子三月二十九日辛巳）

金曜日（即星期五）

民國十三年
國民日記

（氣候）（溫度）

宗族親成賢者愛而敬之否者無失其親（張履祥）

五月三日（甲子三月三十日壬午）

土曜日（即星期六）

提要

得伯嚴書 四月十五日成都

（氣候）

（溫度）

重資財薄父母不成人子（朱用純）

提要

氣候（溫度）

五月四日（甲子四月初一日癸未）

日曜日（即星期日）

民國十三年
陳氏日記

社會第一要著在脫野蠻之自由(亞里士多德)

五月五日(甲子四月初二日甲申)　月曜日(即星期一)

提要

(氣候)|(溫度)

作官一事不可苟（薛德温）

五月六日（甲子四月初三日乙酉京城上午三時十二分立夏）火曜日（即星期二）

民國十三年國民日記

提要

朱居重来探渶庠清悠即刻返苏州

（溫度）（氣候）

窮當益堅　老當益壯（馬援）

五月七日（甲子四月初四日丙戌）　水曜日（即星期三）

民國十三年國民日記

提要

得張貲元書言廣州

氣候　溫度

貲元告廣州情形

上海大學學生開歡送會送溥泉赴南洋募款為大學築校舍也吾赴會

向世傑子春又不檢且逃學特嚴責之

午後上海第三區開區代表大會　訪田桐五及人鶴家

仁者不以盛衰改節義者不以存亡易心（夏侯令女）

提要

得德堪禀 陰三月十九日富順 得任俊書 四月廿日成都

得劉蘭芊KATEX_INLINE_OPEN?KATEX_INLINE_CLOSE胶

（氣候）六十六度

（溫度）陰 微雨

金山姪死後不數月其妻其子相繼死洪順兄振吾之嗣斬矣悲夫 八姑之子德祥文以進

槍告匪繫獄吾甚念之雖德堪已設法出之於獄吾心終不釋也 甥女郭淑履患

痲吾又念及吾妹 劉子文陳秉章兩妹丈不肯使其子肄業於學校而納之

私塾其識如故可歎然亦辦學校者無狀有以致之 德堪主張迎其母返鄉

三妹今年陰正月十一日率兒女赴成都郭外哭二妹適鄧 非厝柩所性情終不能

減吾又喜又悲

偕陳炳光王雯僧訪辰屯議四川黨務

五月八日（甲子四月初五日丁亥）（水星凌日）木曜日（即星期四）

不辱其身不遺其親（明仁孝文皇后）

六月四日（甲子五月初三日甲寅）

水曜日（即星期三）

提要

（氣候）（溫度）

不能制己而欲制人愚也（拉伯沙）

六月五日（甲子五月初四日乙卯）

木曜日（即星期四）

提要

偕涛泳离上海赴广州

（气候）（温度）

民国十三年国民日记

六月八日（甲子五月初七日戊午）

日曜日（即星期日）

咬得菜根則百事可做（汪信民）

提要

（氣候）（溫度）

父母之恩水不能溺火不能滅（俄　諺）

提要

氏廣州日始出也
進謁中山先生

氣候（　）溫度（　）

六月九日（甲子五月初八日己未）

月曜日（即星期一）

民國十三年國民日記

六月十日（甲子五月初九日庚申）　火曜日（即星期二）

提要

氣候　溫度

移居梅谷宅宅在樓東向頗苦熱也

每日勤學一時積至十年雖愚亦智（斯邁爾）

提要

（氣候）（溫度）

六月十一日（甲子五月初十日癸酉）

水曜日（即星期三）

民國十三年國民日記

六月十六日（甲子五月十五日丙寅）（入霉）　月曜日（即星期一）

民國十三年　國民日記

無名舉之人猶劣於死（曹克非）

提要

氣候　溫度

陸軍軍官學校行開校禮校在黃浦赴之

少不勤苦老必艱辛（李邦獻）

提要

病作

（氣候）（溫度）

六月十七日（甲子五月十六日丁卯）（後中）火曜日（即星期二）

民國十三年國民日記

耳無塗聽　目無邪視　（班超妹昭）

六月二十日（甲子五月十九日庚午）（霉中）金曜日（即星期五）

提要

病甚不堪熱還居粤東旅館須扶而後能上下也

（氣候）

（溫度）

匪言而言，屬階生焉（明仁孝文皇后）

提要

氣候

溫度

六月二十五日（甲子五月二十四日乙亥）（梅中）水曜日（即星期三）

民國十三年國民日記

君子不求人而求己不責人而責己（張栻）

六月三十日（甲子五月二十九日庚辰）（晴中）月曜日（即星期一）

提要

（氣候）（溫度）

病加劇從諸友議遷入珠江頤養園延德國醫生盧美霖（譯音）診治美霖以重病之故又託其友施乃德（譯音）醫生佐理之化驗我之小便斷為糖尿病

從今日始隨物體究隨事討論則日積月累自然純熟光明　（胡清甫）

提要

（氣候）（溫度）

七月一日（甲子五月三十日辛巳）（霧中）　火曜日（即星期二）

民國十三年國民日記

七月十二日（甲子六月十二日壬辰）（霧中） 土曜日 （卽星期六）

提要

（氣候）（温度）

不因失敗而屈常進不止（夫素克）

人之幸福心神快樂爲上身體康強次之資財其下也（意司連西）

七月十三日（甲子六月十二日癸巳）（梅中）

日曜日（即星期日）

提要

大女偕其夫曾四勿由滬來視今日抵廣州即遷入頤養園

醫生語四勿至今日乃可言出險矣

（氣候）　（溫度）

人情之所最忽者莫如漸（呂新吾）

八月七日（甲子七月初七日戊午）（中伏中）木曜日（即星期四）

提要

能强起

（氣候）|（溫度）

民國十三年國民日記

勤则不匮（左传）

提要

（气候）（温度）

八月八日（甲子七月初八日己未京城上午三时五十八分立秋）（中伏止）金曜日（即星期五）

民国十三年国民日记

八月十七日（甲子七月十七日戊辰）（末伏中）禮拜日（即星期日）

提要

氣候（溫度）

静以修身俭以養德（諸葛亮）

八月十八日（甲子七月十八日己巳）（末伏止）月曜日（即星期一）

民國十三年國民日記

見人耳語不可竊聽（申涵光）

提要

（氣候）（溫度）

溥泉澤如未從我邀赴中央執行委員會全體委員會議發言後腦頗熱也

八月十九日（甲子七月十九日庚午） 火曜日 （即星期二）

行己有恥 動靜有法 （班超妹昭）

提要

（氣候）（溫度）

因溥泉之促又赴會是晚未發言
扶病訪哲生鐵城議醫藥費之不足者前後綜計須耗公家三千
餘金吁費鉅矣

軍人以勇耐守法為本膽力尚在其次（拿破崙第一）

八月二十日（甲子七月二十日辛未）
水曜日（即星期三）

民國十三年國民日記

提要

遷出西巷閘暫寓長堤東亞酒店

謁中山先生

因溥泉理民之促是夜又赴會發言於是大憊

（氣候）

（溫度）

八月二十一日（甲子七月二十一日壬申）　木曜日（卽星期四）　民國十三年國民日記

少年時代覺自己有失行者幸福也　（英諺）

提要

（氣候）（溫度）

溥泉又來促赴會我已甚倦謝之

浮躁之氣足以敗事（胡氏勸子箴言）

提要

（氣候）（温度）

八月二十二日（甲子七月二十二日癸酉） 金曜日（即星期五）

民國十三年中民日記

疑者覺悟之機（陳獻章）

八月二十三日（甲子七月二十三日甲戌 京城下午六時三十四分處暑）土曜日（即星期六）

提要

（氣候）（溫度）

应事最当熟思缓处（诤箴）

八月二十四日（甲子七月二十四日乙亥）（即星期日）

民国十三年国民日记

提要

广州罢市

（度温）（候气）

以禮義爲交際之道以廉恥爲律己之法（李邦獻）

八月二十五日（甲子七月二十五日丙子）

月曜日（即星期一）

提要

[illegible]

八月二十六日（甲子七月二十六日丁丑）　火曜日（即星期二）

世界大學校也圖書良師友也（腓伊果拉）

提要

偕大女四勿離廣州搭晚船赴香港而廣州罷市之舉猶未定

（風候）（氣溫）

物競天擇優勝劣敗（斯賓塞）

八月二十七日（甲子七月二十七日戊寅）

水曜日（即星期三）

民國十三年國民日記

提要

（氣候）（溫度）

戰時當爲平時之準平時當爲戰時之準（大彼得）

八月二十八日（甲子七月二十八日己卯）

木曜日（即星期四）

民國十三年國民日記

提要

離香港乘亞洲皇后船返滬

（氣候）（溫度）

知用財則財爲我之奴隸不知用財則我爲財之奴隸（達與斯拉）

八月二十九日（甲子七月二十九日庚辰）金曜日（即星期五）

提要

（氣候）（溫度）

民國十三年國民日記

士先器識而後文藝　（劉直齋）

八月三十日（甲子八月初一日辛巳）（日偏食）土曜日（即星期六）

民國十[illegible]
國[illegible]

摘要

（陰晴）（温度）

下午一時氏岸二時氏家家人歡喜先量徐堪已到上海我財槃
極

天下興亡匹夫有責焉（顧炎武）

九月二十六日（甲子八月二十八日戊申）（秋社）（祀關岳）金曜日（即星期五）

提要

（氣候）（溫度）

亦作函

今日瀉二次乃稍舒適

人或毁己当退而求之於身（王通）

九月二十七日（甲子八月二十九日己酉）

星期六

提要

示祚函

今日身体略适但泄一次

（气候）

阴

（温度）

吾人反身自省倘絕無愧疚之處幸福也（英諺）

九月二十八日（甲子八月三十日庚戌）

日曜日（即星期日）

民國十三年國民日記

提要

（航候）

（溫度）

貧富無定勢田宅無定主（袁君枚）

提要

（氣候）（温度）

九月二十九日（甲子九月初一日辛亥）月曜日（即星期一）

伯農偕涂伯純遂川同路者縣人唐玉章姊弟二人伯純在上海開學兩年之内假我之款以供其學食日用之費計至四百餘元吾力竭而止茲聞伯純私議以我為偽窮恭窮之真偽莫足識者而即此可推見伯純之宅心与其識矣吾於伯純頗含容之以吾對於友誼應視力所能至者助之而一切意外匪夷所思者皆不止介也今託伯純將察其未來之言行耳

我日用已困矣唐玉章之姊託我代匯銀千元我乃与約作為我匯在渝償之而目前所需得以支給伯農伯純還川路費亦取給於此

人不可孤立孤立則危（張履祥）

九月三十日（甲子九月初二日壬子）

火曜日（卽星期二）

提要

（氣候）（溫度）

積過由小，害德爲大（明仁孝文皇后）

十月一日（甲子九月初三日癸丑）　水曜日（即星期三）

提要

約衡泉、覺生、仰卿、楚傖、右任、青陽、滄伯、理鳴來吾家，議上海在黨之軍政接洽事。滄伯未至。我蓋扶病而為之也。

（氣候）（溫度）

儉以養廉可以立身以儉以善施可以濟人（徐餘齋）

十月二日（甲子九月初四日甲寅）　木曜日（即星期四）

提要

自今日始杜門謝客以養吾病蓋自匡滬以來見客談話未嘗稍暇病將復作雖溺中無糖而呼吸頗有阿士通氣矣

（氣候）

（匯通）

常常將事業順序而整頓之是贏時日之最妙法也（哥斯）

提要

氣候	氣溫度

十月三日（甲子九月初六日乙卯）金曜日（[illegible]）民國十三年

十月十四日（甲子九月十六日丙寅）火曜日（即星期二）

節食優於醫師之診治（英諺）

提要

（氣候）｜（溫度）

學以立名 問則廣智 (孟子母仉氏)

十月十七日 (甲子九月十九日己巳) 金曜日 (即星期五)

民國十三年國民日記

提要

提辭職書辭本黨中央監察委員會委員蓋因病辭職而又惡共産派之橫恣也

(氣候) (溫度)

十月十八日（甲子九月二十日庚午）土曜日（即星期六）

（氣候）（溫度）

怒時計數至十極怒之時計數至百（傑斐遜）

提要

三女議婚事今日我正式通知男家介紹人吳吳山許與羅甫氏訂婚請其擇進羅氏

滄伯之子與李培之之女結婚於徐園我往賀遇友頗多謊話不少也禮成旋先還

吾輩於貨利兩面打不透便無語可說（朱用純）

提要

（候載）（渡滬）

十月十九日（甲子九月二十一日辛未）

雨 晴 陰

（即星期日）

民國十三年 商務日記

十月二十二日（甲子九月二十四日甲戌）　水曜日（即星期三）

民國十三年國民日記

提要　氣候　溫度

三女介眉與江津羅甫民訂婚叔凝吳山為介紹人　我朝告於　祖宗

晚治酒燕介紹人并延客

甫民長吾女六歲世居江津縣朱家沱（楊子江北岸）父名廷修兄名蘊華字璧光習軍事甫民行二嘗學於比利時國為工程師能製糖

恩欲歸己怨將誰歸（王仲）

提要

江子能伍屏侯匯川遂成叔實親家熙呂輔周袁鼎卿楊春芳

（氣候）（溫度）

十月二十三日（甲子九月二十五日乙亥）木曜日（即星期四）

民國十三年國民日記

爲閒人者即廢人也（胡清甫）　捷克共和紀元日

十月二十八日（甲子十月初一日庚辰）　火曜日（即星期二）

提要

德堪午後決定即日西還以路費今日籌得而吳淞秋之公司直航輪船又非一二日內能成行也遂作書分致叔壎實親家暨袁鼎卿鄭晉康李樾生楊春芳四人書辭稍長病中寫此煩倦也

吾妻有不忍其子別去之意午後德堪既決行遂而五女慈孫適秋假自春暉歸遂全家攝影德堪夜十時登舟

（氣候）（溫度）

夜微寒

修身莫切於謹言行（明仁孝文皇后）

提要

十月二十九日（甲子十月初二日辛巳）

水曜日（即星期三）

民國十三年國民日記

氣候（溫度）

十一月三日（甲子十月初七日丙戌）　月曜日（即星期一）

民國十三年國民日記

教子弟無他術使耳所聞者善言目所見者善行（李邦獻）

提要

（氣候）（溫度）

欲成其大當謹其微 (明仁孝文皇后)

十一月四日（甲子十月初八日丁亥）

火曜日（即星期二）

提要

薛仲良晋贤来访王子骞俱青阳未遂电 中山先生促北上促筹团结在粤各军团结西南各省之办法

(氣候) (溫度)

民國十三年國民日記

十一月五日（甲子十月初九日戊子）水曜日（即星期三）

提要

（氣候）（溫度）

貧賤之交不可忘糟糠之妻不下堂（宋弘）

十一月六日（甲子十月初十日己丑） 木曜日（即星期四）

民國十三年 國民日記

得意時不可作驕傲語失意時不可作憤激語（古諺）

提要

得徐堪舟中書 十月三十日作 力陳我當屏萬事養病

得方琢章張竹和臨邛書以我病為念琢章任臨邛縣知事

得漢章筱亭敘府函電詢大局消息而言川省近狀也

得呂輔周 鹿鳴 郵電綦江十月廿五日發

（溫度）

夜微寒

（天氣）

微□

講學當有言出而躬不逮之恥（甘鍵齋）

十一月七日（甲子十月十一日庚寅）金曜日（即星期五）

民國十三年國民日記

提要

氣候

溫度

眞理不死（西黎明）

提要

函劉湘、劉成勳、劉自乾文輝、李樾生交叔先代寄，未必聽我言也，盡心耳矣。

餞叔先、李烈孟剛

（候氣）（溫度）

十一月八日（甲子十月十二日辛卯　京城上午零時十六分立冬）土曜日（即星期六）

民國十三年國民日記

不學無術闇於大理（漢書）

十一月九日（甲子十月十三日壬辰）（末伏起）日曜日（即星期日）

民國十三年國民日記

提要

（氣候）（溫度）

佩嚴前夜到上海今日來談約六小時家事友之家事不盡人生之感矣

十一月十日（甲子十月十四日癸巳）

月曜日（星期一）

民國十三年國民日記

提要

劉五開別去

佩衣勞矣往師家訪之坐談半日

氣候（溫度）

夜覺曉非今悔昨失（顏之推）

十一月十一日（甲子十月十五日中午）

火曜日（即星期二）

賢者不悲其身之死而憂其國之衰（蘇洵）　世界休戰紀念日

提要

賤宋梧生告以病狀

（氣候）（溫度）

要自考品行高下但看所親者何如人（申涵光）

十一月十二日（甲子十月十六日乙未）水曜日（即星期三）

從略

得田兒沙市寄其三妹書計程今日可抵重慶

佩嚴明日將還伍祐上午往談

印花稅票售出如釋重負也

（氣候）（溫度）

外

民國十三年國民日記

十一月十三日（甲子十月十七日丙申） 木曜日（即星期四）

民國十三年 國民日記

無用之雄辯猶榆樹也高大而不實（英諺）

提要

寄四弟五弟書告以諸姪命名

（候氣）晴

（度溫）

晚齋燮元將廣州青遣也 晚王子人劉簡文 後孫章仲和

今夜我與覺生出名請西南各省代表

德堪去後始知吾諸姪尚待我取名今并德堪名表之如次

我子 德堪 譜名 家田 官名 田 行一 我女 慶箸 名 家萱 學名 德琬

五弟子 德華 家疇 疇 行二 介箸 家徽 潔修

四弟子 德和 家由 由 行三 總孫 家琰 祚涵

五弟子 德培 家畊 畊 行四 五弟女 樹蕙 家蘭

德愷 家畬 畬 行五

德孩 家畯 畯 行六

中山先生今日離廣州

父母在不敢有其身不敢私其財（禮記）

十一月十四日（甲子十月十八日丁酉）

金曜日（即星期五）

提要

本生父銑湖府君今日為生辰紀念　陳屑供香花果餅率婦女

祭拜然音容日益邈矣悲夫

（天氣）（溫度）

十一月十五日（甲子十月十九日戊戌） 土曜日（即星期六）

提要

（候氣）（寒暑）

與覺生作主人治酒燕西南代表

十一月十六日（甲子十月二十日己亥）日曜日（即星期日）

提要

（氣候）（溫度）

與覺生拜琴作主人款客

周亞南介紹王植之之駐滬辦事人張君来見

晚因事赴燕客處稍遲恐客之已至也疾行不二十步而餒則仍緩步

然已不能支持病誤我甚矣

陰曆今日吾　本生父誕辰紀念也率妻女拜

寬大中要規矩和緩中要果決　（朱用純）

十一月十七日（甲子十月二十一日庚子）　月曜日（即星期一）

民國十三年
國民日記

（氣候）（溫度）

提要

中山先生由廣州來上海上午九時登岸歡迎者至眾也我九時到黃浦灘下午四時集滄伯錫卿青陽如刚无量鐵橋及我議西南事而涉及黨務无量錫卿滄伯我皆有辯難

勿作心上過不去之事弗萌事上行不去之心（吳康齋）

十一月十八日（甲子十月二十二日辛丑）　火曜日（即星期二）

民國十三年國民日記

提要

下午四時集西南代表議事

（氣候）（溫度）

十一月十九日（甲子十月二十三日壬寅）水曜日（即星期三）

提要

惡傷可治惡名不可治（英諺）

決定叔凝還川

錫卿夜來譚

上午謁香苹師

氣候 溫度

匪禮而動邪僻形焉　（明仁孝文皇后）

提要

電袁鼎卿局員非核密碼後不允發遞付郵

（氣候）（温度）

十一月二十日（甲子十月二十四日癸卯）　木曜日（即星期四）

民國十三年國民日記

多言不可與遠謀多動不可與久處（王通）

十一月二十一日（甲子十月二十五日甲辰）　金曜日（即星期五）

提要

（氣候）（溫度）

伯琅来訪渠初自北京還上海也

謁香草師　中山先生

寄田兒長函

德莫高於博愛人（賈誼）

十一月二十二日（甲子十月二十六日乙巳 京城下午九時三十三分小雪）土曜日（即星期六）

提要

風候

溫度

民國十三年 國民日記

兵家勝敗在最後之五分鐘（拿破崙第一）

十二月一日（甲子十一月初五日甲寅）

月曜日（即星期一）

民國十三年國民日記

提要

（氣候）（溫度）

吾母明日生辰設供率妻女拜

不困在於早慮不適在於早豫（說苑）

十二月二日（甲子十一月初六日乙卯）　火曜日（即星期二）

民國十三年國民日記

提要

吾母誕辰紀念設供率妻女拜

（氣候）（溫度）

責己者可以成人之善責人者適以長己之惡（許平仲）

十二月三日（甲子十一月初七日丙辰）

水曜日（即星期三）

提要

（氣候）（溫度）

朋友不可標交之不可輕率棄之（倫　校）

提要

吾本生母誕辰率妻女拜

（候氣）（溫度）

十二月四日（甲子十一月初八日丁巳）

木曜日（即星期四）

民國十三年國民日記

十二月五日（甲子十一月初九日戊午）

金曜日（即星期五）

提要

（氣候）

（溫度）

吾本生父鏡湖府君忌日　府君棄小子二十有六年矣

亢傲非持身之道（吳秋圃）

處逆境行善易處順境行善難（修路夸）

十二月六日（甲子十一月初十日己未）

土曜日（即星期六）

民國十三年國民日記

提要

（氣候）（溫度）

民國十三年國民日記

十二月九日（甲子十一月十三日壬戌） 火曜日 （即星期二）

善人者不善人之師不善人者善人之資（老聃）

提要

（氣候）（溫度）

吾母華太夫人忌日 太夫人棄小子十有四年矣

廣積聚者遺子孫以禍害多聲色者殘性命以斧斤（李邦獻）

提要

（温度）（候氣）

十二月十日（甲子十一月十四日癸亥）

水曜日（即星期三）

民國十三年國民日記

十二月十三日（甲子十一月十七日丙寅）

土曜日（即星期六）

提要

得田兄重慶書（十二月三日發）謂所事絕望安心養病為勝也又得田兄婦范女富順書謂令先頗需人照料其姑壽不能來

（晴雨）寒暖

勤勉造光陰光陰為黃金——（張維南特）

十二月十四日（甲子十一月十八日丁卯）

[illegible]

（星期日）

民國十三年國民日記

提要

十二月十五日（甲子十一月十九日戊辰）　月曜日（即星期一）

提要

（氣候）（溫度）

學而不已闔棺乃止（韓詩外傳）

十二月十六日（甲子十一月二十日己巳）火曜日（節氣期二）

民國十三年 國民日記

提要

本生母 林太夫人忌期，棄小子兄弟忽忽兩周年矣，率女女設供拜祭

（候氣）（匠涸）

處逆境難處人倫盤錯之境尤難（黃稚毛）

十二月十七日（甲子十一月二十一日庚午）

水曜日（即星期三）

提要

黃筱恒来談商川事

（氣候）（溫度）

防器人難於防火（節諺）

十二月十八日（甲子十一月二十二日辛未）　木曜日（即星期四）

提要

四弟今年滿四十歲，吾今日乃憶及，萬感并集，遂作書寄四弟，并示田兒。

氣候　溫度

民國十三年國民日記

自滿者敗自立者恐自賊者忍（李邦獻）

十二月十九日（甲子十一月二十三日壬申）

金曜日（即星期五）

提要

得田兄書將始留重慶遊人發之前數示則遲寄富順矣

唐總安來適周星甫先生星甫語我川局無望　筱衡來辭

總安与余話家常頗致慨於奉之身後也

日來身體益健兩膝之滯已減惟疾行則腿輭而氣乏耳

氣候　溫度

十二月二十日（甲子十一月二十四日癸酉） 土曜日（即星期六）

致富之難在最初所積之萬金（亞土他）

提要

日暮下午五時十五分 上海

牋叔瀛漢庠筱亭筱恆并附一電稿寄示鼎卿

牋張毅崛陳永怡託筱恆代致

張文湘來 石青陽召飲英國皇家飯店〻今年新設侈麗極矣而客則盈座甚哉尚侈之俗中外無以異也

（氣候） （溫度）

十二月二十一日（甲子十一月二十五日甲戌）

日曜日（即星期日）

民國十三年國民日記

安樂有致死之道發患爲養生之本（李邦獻）

提要

黎明上午六時 上海

（氣候）晴

（溫度）

半月來皆晴皆有日溫度雖早晚亦在四十度上說者曰冬煖而燥病之徵也病具在明年春候手慎飲食起居每日飲適量之清潔沸水庶可以免

發靡於家（林肖黎）

提要

氣候

溫度

十二月二十二日（甲子十一月二十六日乙亥京城上午十時三十二分冬至）（冬節）（祭天）月曜日（即星期一）

民國十三年國民日記

十四年一月離上海赴北京之日記 中華民國

一月三十日（正月初七日） 下午三時半乘日本汽船西京丸離上海 晚九時許風作 微暈

卅一日 初八日 暈船 午後二時始起 飲牛乳一杯 六時食麵包一片發吐

二月一日 初九 晴 上午十一時半駛抵青島 十二時後泊岸 一時開車 晚十二時到濟南 換車前進

二日 初十 晴 十時到天津 微雪 下午二時到京 直入協和醫院

静江先入　先生以非是到諸人皆不能進見矣退往中央飯店二樓十一號室　旅邸蒸汽過熱頭微病體頗不適

三日　往

四日　往　文春節

五日　往　電大女　訪仲舉

六日　往遷居商品陳列所　在中央飯店每夜不能安眠而將驅

曾　之時輒有客至如不遷則病可慮故決遷

七日 昨夜震花爆竹兩醒〻卯不能眠 殁大女

八日 晴 昨夜甜睡 富順學生二十餘人開茶會赴之會於叙館

九日 十七日 晴 寄田兄長殁

十日 十八日 晴 啓周閎生合餞赴之 中山先生病昨日加重

十一日 十九 晴 无量约夜九時在滄伯處談話所議者黨事及俱樂部

至十二時始散返卧已夜午一時矣

十二日 星四 晴 偕伯琅屐訪諸友稍勞晚進饅頭四枚食後竹戲

約三點鐘乙久而膝不適神思昏昏然如必有異還扃取小便驗之而濃厚之糖質見矣 加惡名午飲冒風赴之

十三日 廿一

晴 勉了未完事求養病也今晨幸未再見糖質然半年養攝之功一旦毀敗可勝歎耶——頭暈腿疲軟歸示大女不敢以病狀告之也 游文華殿觀書畫疲矣

十四日 星六

晴 先量仍集瑞記談前事勉赴之飯後觀劇而意趣索然 無糖質頭暈腿軟病狀別尋錄之

十五日 廿三 星期日

晴 偕史非川言氏六歲覺託其与李鄉侯商之 偕劉定五言伯踉事 浴於澄華園 可亭伯琅各飲於商品陳列所外宥樓赴之 下午二时赴叙州郡館富順學生之约今日我為主人備酒食談至夜九時散 諸生以日前攝影見贈受之

十六日 星期一

晴 諸友來視會飲外宥樓 下午三时偕士逸德安游中央公園 晚赴趙道士之約 偕大女 大女与其母以未得我

手書為念故氣發之　夜大風

十七日
廿五

姓許少琛介紹韻槃事郭濰泉名文潞君来診曰六脉皆弱脾脉且時停止君家也主一方擬約唐先欽參酌而後飲之　訛詞赴西山養病所以謝絕賓客也

得大女第四書十二日發已得我在京後所發家書又孝家安我斯安矣

下午五时後先欽来診視後謂濰泉方甚妥但重參有合

糖可易以別直葠長白山陀所產加入黃芪玉桂

十六日 星三

晚约德安出游乃以先生病耗致电协和医院則先生已遷居鐵獅子胡同矣叔赴鐵獅子胡同又名先欽往訪

游國子監周宣王石鼓剥蝕不堪矣鼓十其一毀過半置大成门內兩旁護以玻璃櫃清乾隆仿製十鼓置大成门外兩旁則露而未護 大成门外庭中有元碑二明清兩代進士題名碑無數 大成门外刻張照寫韓昌黎石鼓文及清乾隆帝石鼓詩

西碑　大汉门内外庭古柏九十餘株皆元代物也清乾隆纪碑十餘皆有碑亭明不精矣专制之君惟吾意行之於此亦可见也

游图书馆规模湫隘聊胜於无耳　游雍和宫时晏西门闭未入殿殿座则约餘喇嘛则七人耳

夜偕光卿定方棠侄锡卿携赴铁狮子胡同叙饭韩家潭红馥阁

鐵獅子胡同近西口路北顧維鈞住宅，中山先生借以養病之所也。是宅也，明代為田貴妃母家舊居，清初為張勇居第，光緒末某某氏購以萬金，顏其園曰增舊園。園頗廣曲折。有微叔初入園，遇日本友人山田純一郎、萱野、菊池、井上四人。山田振攝影，強余合攝一影。山田、萱野、菊池皆來視中山先生疾若

發示大女

十九日 晴 雨水節 未出外 發叔儀函及叔儀之子光九

廿

二十日星五

会 朝有日 昨夜九時就寢十時後睡着一時二十分許醒暢溺一次反床則合眼而多思鐘七鳴起床竟未再睡着也起床時心臟覺急跳雖不太甚然徹夜不眠必有所傷者去午一時以前須恍惚若罕

長廠四分廣州 廠錫卿諍其陷溺不知反也

錦帆電令其代表張錚重民吾友也退出善後會議義也錦帆為可稱矣

今日在京同鄉百餘人開歡迎會於來今雨軒我辭未往晚出酬應　得大女書吾妻受饔飧不給

二十一日 廿九　昨夜大風今日始明　上午十時赴農事試驗場在西直門外前三貝子花園後改萬牲園又改今名　訪場長李景初鳳翔人　拜四烈士墓登暢觀樓是日也玉章錫卿伯申可亭伯琅晉賢立三德安榮顏真如與我共十一人約集斯樓縱談往事共榮來益尚歡洽也洪憲之事推德安可亭為書分達友生已不在北

京者　牋大女田兒　促田兒東出

二十二日星期　晴　大風　未出门　晚聞劉禺生到京　与錫卿飲於瑞記处

乙未過食飲而返

二十三日陰二月朔日　晴風止　德安來談　夜訪士逸

廿四日星期二　晴　游天橋香廠　匯款還滬

晚接大女牋　吾妻欲偕章景文之母來北京游覽名勝　內

附田兒二月二日書　田兒任叔實親家旅部軍需　擬二月末

還家去

廿五日 三 晴 德安來遂偕赴鐵獅子胡同省視 中山先生疾已於昨日下午改服唐堯欽周子芳兩醫藥云 中山先生病自廿三日變動已頗危矣待唐周於中央飯店發電報促夫人偕韋夫人北來并託許少璣照料 少璣亦將於數日內由上海來京也

廿六日 四 晴

廿七日 星五 晴

廿八日 星六 晴 為中山先生不服藥之故，赴鐵獅子胡同與精衍談話。午後訪唐先欽、周子芳。夜大風。聽群英大鼓，赴硯芬家，令人發無限惜憐之感。我與可亭作主人，約集在京友生到者十一

三月一日 二月七日 晴陰 赴鐵獅子胡同，訪郭濒泉，當者而次看左

二日 星期一 晴 訪郭濒泉又不遇，旋改訪周子芳。伯琅請燉牛肉餡餅，美過口。并約龍傑三（伋）談話。赴四川民眾聯歡社簽名為社員

游天橋社會問題不得解決則民生日蹙彼陷於最可憐惜之女孩亦有增無已也

會中由協和精衛等出名欲集西南代表我赴會

三日 九四

晴有風 昨夜安眠不及六小時今日頗有些欲睡

昨晚得大女函由樹勛山及伯農陵各一 吾妻不來以近境窘故女輩勸之用經濟夫夫人偷至此也我當何以自責耶

四日 星期三

晴 又得大女函 故擬夫人還川汝謙之女心華隨之而返

臨時景文之母章夫人亦結伴而還人事之不定如此章夫人甫議偕吾妻來游北京啟日之間匪特罷游且還川矣無怪吾妻之怨中止游興也

偕醫赴鐵獅子胡同待至午後一時半未診而返

游城南公園天橋

五日十一

姓　午後游中央公園　寄大女書　晚得大女函

頗以我病為念勸我無病則不必用藥

晚錫卿邀來日渠与青陽談話滄伯欲就職不能自
限而由青陽口出之以商錫卿錫卿正以沮之所謂
大處有獨卓之見者錫卿是也

六日 星五

驚蟄晴大風　上午寫字約四十分起行而兩小腿不
良也(近跛)　正午風止
赴鐵獅子胡同省中山先生疾今日較益弱大順道探
漢若漢若病始

春明别業小息硯芬追於甘旨之養不知擇叢々業散之勿解者意若迷而不知返者可憐可惜社會政策不講家而溺者爲日多也吁

七日 十二日 晴 寄大女書 昨夜得四月廣州函所述政海演書 今日交去 史略川生日柱祝之 調解立三夫婦爭議

八日 星期日 晴 硯 中山先生疾 友生聚者十二人餘稅君由湘到京也真如提議約四句乃識一峰暨傅友舟

徳安約小南清譚邀晩飯於瑞記　文臨川納寵往
賀之　鋭學為詩以詠之

九日 十五日　晴

十日 十六　晴　錫卿青陽約同志數人在商品陳列所談話飯後
邀赴鐵獅子胡同視　中山先生疾
大風　寄信大女

十一日 十七日　晴　浴於澄華園　十一时半許聞　中山先生病篤邀偕

可亭馳赴鐵獅子胡同略問身後及不諱時布置事
入夜九時半精神不支退宿中央飯店十時半寢乃鐘
敲四下猶不安眠四時半電話告中山先生吼痰湧起
偕錫卿馳往 得五女函

十二日 星期四 晴 早七時半退息精神不支也十時甫欲寢而凶耗
至矣悲夫 中山先生與世長辭時當今日上午九點
半鐘蓋巳時之初初刻也 驅車赴鐵獅子胡同

中山先生遺骸決用永遠保存之法保存之十一時半

舁尸入協和醫院余送入醫院而返

十三日 十九日 晴 又約同志商黨事到者寥寥十人而已午後赴治

喪履鐵獅子胡同 余分職秘書股然病不能勝也

十四日 星期六 晴 得大女函十二日發 訪李饒澄

上午十時國會非常會議在參議院開會特議中

山先生國葬典禮案全體起立議遂決 臨時執政

府与國會非常會議未往還公文（因彼此不承認為
合法機關之故）遂決定由本會議公布之通電
全國十一時散會

十五日
廿一日
會　日來戰禍將作之說又震於人人四川勢不可
免矣北京四圍尤令人色變果若彼者將奈何吾
非畏其戰也畏苦民衆耳
十時半降雪十一時後雲益密然而天氣不寒下午一時後

雪止 很日西斜遂偕唐徐安出廣東門游天寧寺天寧

寺隋以來之古剎也有高塔十三級寺自乾隆時修葺後

無從事者毀十之七八矣

十六日 星期一 晴 寄田兒慶女鍊女書 寄五弟書 晤林煥廷

吾本生母林太夫人棄不孝廿有七月矣禪而不能歸祭

遥望里門追想 遺容墓遠向西展拜烏乎慟哉

田兒今日滿二十年歲奔走衣食既遠其父母又未抵家

必生無限感慨遂寄書慰勉之曰「男兒志在四方不宜守着父母家庭」又曰「國家未寧須先國而後身」又曰「生計之艱不足為一身之累以貧寒乃我本分」又曰「三十尚壯有為之日正長惟所恐傷者惟修名之不立學德之不進耳」又曰「慰勉汝者慰以使天君泰然　勉以求德業不墜」雖然田兒得此數更觸其思親之念也

託煥廷介紹羅甫民在馬玉山製糖公司

晚得慶眉女書內附劉季讓箋季讓欲出游也

十七日
廿三日
致小姪 復季讓勸其待時如為之謀而有成則出
示雯瑜兒婦戒其勿哀餒其氣宜鼓勇有興趣也
復大女書

十八日
星期三
姪 赴鐵獅子胡同與精衛哲生海濱言黨事相所見不
甚相遠

十九日
廿五日
姪 中山先生靈柩今日上午十一時由協和醫院移入中央

公園上午八時即往司亭伯瑕家因勃山今晨抵京師下榻於其宅當約同赴協和醫院執紼也九時四十分到醫院我分執右紼未十一時而人已山積右紼不勝擠壓我改左紼及柩啓行路狭人多遂至無次左右紼皆入人海中矣支拄頗費氣力至王府井大街東長安街擁擠如故我不能勝矣遂与錫卿皆棄紼而護喪及入公園喪柩出我不能前我又前導開路送靈柩奉

安大殿我儕已趨稍息行禮出國我息廷二次而後能
達國門也儕可見矣遂過德安以思以食閱四將神氣
漸健乃蹤歸
中山先生靈柩皆用美國式木棺棺殼內層係玻璃所
故能見遺容棺木薄而形小實遠勝於吾國舊製者
舁棺不用夫役由黨員八人繫~~黑~~黑布縧於棺挂
之大府而舁之棺殼紅地右角青天白日之國旗係此

廣東政府通用而由本黨中央執行委員會議決者前導青天白日之黨旂

柩奉安於中央公園內社壇之大殿中

二十日 星五

會 四川黨員之旅京者議開會追悼 中山先生午後

集商中央公園水榭 得四川書 三月九日廣州

得大女三女禀覆之 大女恐莊復淑履廢學促我電

其姑丈仲執所見是也且將仲執書轉寄來京邀發

電報曰莊淑毋退學（仲執書云楊子惠令各學校開春

季運動會於是成都男校皆競爲運動練習而女校亦迫女生練習跳舞〻〻非運動也故仲航欲令其女退學以避（之）

廿一日 陰二月廿七日 金 下午五時許雨 北京春雨於是日始也 日夕春分

孔慶宗陳銘德來言事 赴中央公園商追悼會籌備事宜因赴園會議負游園會

廿八日 廿二日 星期日 雨霽陰 北京雨後路最難行 早八時起即赴大中

公學中社同人開悼會追悼　中山先生也海濱滄伯青陽皆到滄伯述中山先生癸丑以後之言行頗見其大我朋勖諸同志二義曰團結服從曰革命要有學問

午友生集食竹軒勤山朋初到北京者也食後即赴中央公園与孟碩青陽言事

廿三日 星期一 会　本日在京黨員公祭　中山先生推林森主

廿四日　祭戴傳賢讀祭文又讀遺囑　電德堪來滬

三月朔日　寄大女書　陳伯衍來自南京

廿五日 星期三　晴有風　偕唐德安陳伯衍游城南游藝園聽大鼓

過伯珉家

今晚小便又見糖不節勞不謹食之咎也

廿六日 三日　晴　赴中央公園水榭開籌備會　訪光農閒不遇遂復之

得四弟伯純書　寄大女書　復四弟伯純

伯純欲我助以學費我無力自給矣䏻實復之

廿七日 星期五

晴 四川民黨留京同志今日開會追悼本黨總理 孫先生於中央公園水榭 得四勿伯純函由真如轉來也

本黨中央執行委員會全體委員開全體會議於帥府園六號 扶病赴之議第二次代表大會開會地點南開議我即提出代表選舉法開頭指出中央執行委員會不規定選舉法之失職及現在應體察黨情以定選舉說畢已十時矣

小便見糖

函請假退席　晚小便又見微糖

廿八日初五日　晴　午風　牋劉定五謝其為德援計也

寄大女書　上香草師書

廿九日星期日　晴風　作書寄叔凝未竟而伍屏垓来初自四川出

也跋後生壁楊春芳寄我書　屏垓又述叔凝言鼎卿

春芳皆不能本　中山先生主義而奮鬥即漢庠亦有薄

於黨證之嫌　屏垓又言臨行漢庠託其語我與錫

卿謂須為之謀此语已足使我失望而徳安又謂漢犀之弟一峰亦當欲為漢犀謀善後會議派代表也屏孩又言漢犀點編叔實部隊情形叔實不知兵我嘗沮其统率大衆自帶兵以來喫苦不少若能釋兵洵屬佳事惟漢犀不商叔實而以己姪易其團長又提甲團之槍以益乙團乙團者雖叔實而附輔周者也處友如此宜其無成而又汲汲於功名幾不擇塗轍吾頗慨然憂之

得大女書 内附叔厥函

三十日 初七日 陰 訪覺生過中央公園下午赴聯席會議

三十一日 星期二 陰 視唐德安病 省許伯母 肇南之母 不值 聽大鼓

四月

一日 三月初九 大風 許伯母來又餽我素菌 晚小便見糖 臧叔假 寄德堪慶眉書 贈佩年

二日 星期四 陰 早八時詣中央公園拜祭中山先生靈柩遂逕

赴西山碧雲寺病不敢執紼也離公園約當九時半送殯者沿途會集矣

下午四時四十分許 中山先生之柩到碧雲寺安厝寺後塔院石龕中 禮祭畢遂返京師約六時矣 柩自中央公園經西長安街出西直門沿途觀者數十萬人 送殯者近萬人西郊迎殯者亦數千人皆民衆心理之表見者也

游香山步行上下略俯谿山遠眺大略而已邱壑之
高下幽趣未及細尋也飯於山半旅館 香山者清
乾隆時之靜宜園也
碧雲寺建於元在明太監于經魏忠賢先後擴而
華之乾隆十三年於寺後建金剛寶座塔 塔前
建石坊二工程偉大詢巨觀也
塔院古木奇秀愛之遂偕唐德安人攝為 王鹤山

酉陽人兩友合攝一影以為送　中山先生靈柩暫厝於此之紀念

得大女三女函内謝德堪二月廿日晚陰曆　德堪之婦范女於陰曆二月初九日子時　陽曆三月三日　舉一男子我於是有家孫矣抵樂吾妻鍾夫人命三女傳言為我賀喜我亦當寫信為夫人賀喜也

四月三日
陰三月十一日　晴　有風　勃山八時後來切脈友誼之篤令

我感激　浴滄華國

滄伯今日南還行後我始知之勸滄伯就農商總長之職者聞不乏人又聞滄伯亦有意我之見則与人殊以為以滄伯個人以時局言之皆不宜就昨夜擻修新民約集東興樓我因病且勞未能往然滄伯已与錫卿道其意所在會嘗訪錫卿敬之錫卿与我見不相遠也

我感於病之反復溯半年以來經歷實未專心調養故所得之果祗是病也如故而事也未理今決於澈底養病功夫視己身如已死庶幾病可脫體而有專力盡心於國家社會遂吾初志之日也

四日 星期六

然風小使無異狀而暈不止心且跳腹鳴膝下近足踝處亦跳至下午二時始稍稍止

赴中央執行委員會言事　寄大女書

四川民黨聯歡社合飲討事勉赴之氣候忽寒

五日 十三日 清。明。節。 姓風 晚四幻梅谷展堂肇南廣州

友生集者十人議黨事 晚賀誠繰絲械已購也

六日 星期一 會 午後在可亭家七時可亭之婦舉一子

晚小便忽見糖可憂也

七日 十五日 早姓 庭中桃花盛開紅者五六株碧者三株我坐其

下花色蜂聲至足始有春意張次愚来聯談花下

頗足樂也將到午后一時日忽隱而天變雲飛風起
頗有驟雨之勢而雨乃至微其勢由亦驟也
楊國輔來我處以信仰主義奉行主義之界
限　李訥來校見我說話嫌過多矣
二日送瑣西山特在碧雲寺攝影紀念今日影
片至甚長甚清晰也
晚同志集者約三十人討論黨事

四月八日 星期三 晴朝大風 北京可謂多風矣

滄伯之於農商也徵我之意見論者謂沮之則怨敷衍之則又不可宜守吾默故我不發一言滄伯既離京青陽敬修/猶再託可亭啟我於是知我言之必有關係也據所見者正以告之可亭以達青陽青陽曰是

晚大女四勿 晚小便見糖

九日 十七日 晴 坐日中桃花下用五來 正午餞德安於廣和居

晚聽大鼓　細審日來病之反復勞力勞心飲食不謹所致也欲使心不繫事則惟寄情於物不聞不見自不關心聽大鼓所以怡吾情

十日 星期五 姓　聽大鼓　午後聽之晚又聽之形与力仍復勞頓離乎養生矣　晚大女告以乃兄綦江鹽務查驗局局員事　晚羅甫氏商輪船股本得漢皋筱亭子姪書

唐德安還川乘津浦車繞道南京省其姊早起送
之吕一峰与我谈於月臺我直指漢犀之失囑一峰
規之也

十一日 三月十九日 晴 陳宜三董賓国来
本党開談話會寄商党中共産派問題青陽约我往
我初不欲乃轉念忽欠往略有陳説、罷而頭遂暈
非塞聰蔽明不能息我腦鍼我口也戒之戒之

四月十二日 星期日 晴大風午後風微晚風息 大風起於昨夜

聞法源寺丁香花已開約伯珩往看花及至蛉鈴若蕊花未發而眉柩着則攘攘也遂過伯珢入浴澄華園聽大鼓可謂逸樂矣

十三日 陰三月廿一日 晴 昨夜得天橋二月水心亭內遊夢裹亦推敲也晨起神昏足軟病之搆我如是乎

午後偕伯珢勃山相宅所以自遣

晚飲李紹原家　農聞來以部欵交我可感

十四日 星期二　晴　豫哲胡竺僧死今日弔偕伯琅往

朝往請翁山診斷為水飲略有熱

午前寄大女書以久不得大女來稟且以得議員歲費慰吾妻鍾夫人也　晚得大女稟十二日發內坿德堪兩歲一二月廿七日、一三月朔日、　吾弟仲光果病眼耶吾數數詢仲光生死若五弟若田兒若季謙若仕俊皆一不我答今田兒予大女書

祇曰四叔目疾与去年兄赴滬時疾狀同是殆已久
特託詞以寬解我耳否亦失明矣奈何
陳銘德計還蜀贊之　遊水心亭蓋天橋河涸
昔曾有句水天下之美其名而實相反者比比然
矣

十五日
廿三日　晴　德堪促我為其子命名於義應父命之不應祖
命之然德堪既請於我我於是名吾家孫曰聯樞字

吾家孫曰體先我思先德子孫必繁將來四弟五弟之孫兒女亦必衆多也遂於聯樞命名之會更擬十五字吾之孫四弟五弟之孫皆可按誕生先後依次為名如臨時或以為不適而別命者當隨其祖若父者之意我之作此所以志不忘 先人而裕後昆耳 其希望且不止十六孫也 十六名錄如次

(一)聯樞 體先

(二)聯極 志先

(三)联楷

(五)联楨

(七)联榛

(九)联槃

(十一)联樫

(十三)联棠

(四)联模

(六)联榦

(八)联栻

(十)联棨

(十二)联樸

(十四)联棣

（十五）朕棟　（十六）朕椽

右十六名名孫男也孫女名如次荃（念此）、蕙、薌、蘅、英、華、葳、蓀、莘、萸、蘩、藻、茝、芷、菁、蔱、皆以朕字冠其上

十六日　星期四

寄綬地（申庚稍）廢[illegible]弟書

姪勃山台飲食宜防食肥鴨　得大女書歐陽旭德

欲婿奈大女以旭德住天津安我也

一峰約陳孔蕭（廷鶚山人）營　陳謙言（遂安人）　胡宇光（澤合川人）未談

力言三君之可倚任豫聞夜八時來陳列所而七時
大風作有雨點四人由東城冒風如約談一小時辭去

十七日 廿五日 晴 在伯琅家縱談

十八日 星期六 晴 午飯伯琅家 夜飯桑香園与勃山作打球運動
未半點鐘微汗遂止 午後風略大偕勃山游水
心專摩英 是夜小便又見糖
得大女書 內附 王肇真劉鶴雲啟

十九日
三月廿七日

陰晴午後陰風夜大雨　劉鶴雲在汕頭拘禁未
請綫類鶴雲助敵敵潰而鶴雲留汕吾度其或作敵探
耳然未書記言且欲於我軍中謀餬口未可信也汝
為拘之禁之極宜惟鶴雲於十一年炯明之變照護吾
妻女出險涉水而有此患未之敢忘理應脫之囹圄
汝為請其務全鶴雲令之出境并覆鶴雲勸其毋
為衣食所累須有主義須為正義奮鬥須度事理

作函後頭暈腿軟飯後遂游先農壇慶雲壇之松
買茗獨坐對松而靜其趣頗清董野侍偕吾某來
引共坐人世之苦樂能娛人能傷人同坐而異趣吾
某初見傾其愫告余意在求援然其人閱世深而憂傷
憔悴則至矣　硯芬終爲孩子氣相見索衣其天真可
憫也

二十日 星期一

午前陰十二時後雨雨後無纖塵空氣之清明為入

京以來之第一日也 得饒伯康書

穀雨節 上午就勃山診 作書寄大女 復江子能

致羅甫民蔣介石唐紹安

花盛開最愛西院之丁香花柯條花葉皆美非他叢所

能媲怡吾情矣

廿一日 廿九日 晴 早起偕伯珩游織簾先哲祠觀海棠吾妻即能應

吾約來京必過海棠花開時矣

賤大女

廿二日 星期三

晴午後陰夜雨　朝八時即往中央公園，園中丁香花最多且盛開，李花、櫻花、海棠亦繁艷有致，古柏垂楊，晨光朝露，氣之清明，令人神爽。臨淥獨坐，默而無慮，而鐵橋先生忽至吾側，揚聲呼我，遂相話語而不能靜。青陽、覺生又至，則強我言黨事矣。

得大女書（十八日上海）：

內樹德堪賤

陰三月十二日　當順

德堪持

以及正三月十四日赴綦江就鹽務查驗局長職
儆叔病及其子一守
示田兒由涪持 囑其留綦江

四月廿三日 陰四月朔日 晴 昨夜雨氣清且朗 寄大女書
不與雪壁通書五年矣昨夜忽忽有所思遂援筆寫
吾病狀為書寄之雪壁得吾書當有所感也
發信後連得大女三書十九、二十、廿一、 得德安函會三月廿七日漢口
香草師來游京師車抵午後二時半到往迎車乃無

消息也

復徐蘇中書　寄大女書復之也

廿四日 星期五　今午後微雨　一支自川來京過之　楊伯琴台飲赴之

廿五日 初三日　晴　看香草師於前宅胡同　得大女書 廿三日發

廿六日 星期日　晴　寄田兒慶書　晚劉定五童萱甫為德堪辭浙江實業廳技術主任也　昨日偕真如觀海棠於畿輔先哲祠今日稱為城南公園

廿七日 初七日 晴 游城南公園 晚得大女及林焕廷電報吾妻鍾夫人率潔修之女於昨夜離滬北来京師 早得焕廷書

廿八日 星期二 晴 約伯琅助我相居館舍定住騾馬市長發棧 午後三时半車到妻女与我相見甚歡 晚飯伯琅家四属談家常事吾終未言叔潞之反復也

廿九日 初九日 晴 早游城南公園 午後游城南游藝園 得公睹勘電辰老促我赴粤也

三十日 星期四 晴 游中央公園 與錫卿談話
與亟德世林談 夜亟德去後乃知其不實

五月一日 陰 四月初九 會 游中央公園 謁香草師
陪德安謨口 夜九使見糖

二日 星期六 游公園 參觀清宮 直陰壇破廟而已

三日 十一日 晚觀劇 開明 梅伶蘭芳演洛神劇也

四日 星期一 晴 游中央公園

五日 十三日 姓游西山登八大剎香山碧雲寺

六日 星期三 立夏節 過劉孝理游農事試驗場 會

七日 十五日 姓看牡丹崇效寺午餐賓宴春晚与香草师語談飲思成居

八日 星期五 姓觀農業大學午赴城南公園歡送會晚真如名飲

九日 十七日 小姓游頤和園

十日 星期日 偕吾妻吾女游北海我未往也晚飯思成居

十一日 十九日 姓赴黨之會議過青陽晚訪山谷飲廣和居

十二日 星期二 会觀文和殿書畫武英殿古物爱不忍去也

五月十三日 陰四月廿一日 会 休息寄叔凝叔實太懿賓谷厙士儀

十四日 星期四 小姓 料理車票晚餐於忠信堂決定明日不行改期下礼拜一早見香草師遂与謝百城會談中央公園寄田兒書戒其酒与色之失又恐綦江兵荒不可居家促其婦率念先體先來上海 儀公潛四力

十五日 廿三日 会 伯琅餞花宣南春烹調極美 午後游天壇遇雨

天壇古樹葳蔚皇〻此大觀也 雨作時聞雷聲 非足有

天壇无安之感 夜十時大雨

十六日 星期六 晴 餞鄭守安

十七日 廿五日 小晴 午後雨 鍾夫人游萬牲園遇雨 孟碩召飲赴之

十八日 星期一 晴 夫人率潔修還上海 送之車站 夫人鈍凡我兩為

愛臨別尤摯〻也 偕青陽百城敬修孟碩往碧雲寺

總理遺骸尚在舊棺而新棺不可用

十九日 廿七日 晴、風、陰、侍香草宧师游陶然亭先農壇風吹塵土目眯矣午後至伯琅家夜歸風塵尤大

二十日 星期三 晴風 吾妻吾女昨夜當然安然抵上海也念之見香草宧師知子橋不能復勝漢奸辯之任世亂可歎獨怪當局者之治絲而棼之也 示三女

廿一日 廿九日 晴 過伯琅家

廿二日 閏月朔日 晴今年閏四月 上午游先農壇芍藥盛開与伯琅

打球午後品茗雅觀園西山隱約可見讀淮南子詮言
名硯芬不至欲援人者反增人之荆棘枉硯芬事是
也故開誠布公而不諱辦事之法其事亦多債

廿三日 星期六

姓昨晨請勃山為我診脈〻平靜而熱未淨再進
清輕之品一劑盡五劑而頭之暈者減十七八矣
觀芍藥花中央公園花多而色鮮朵大神怡〻然不
欲去也 聽大鼓硯芬著新衣似不自知其境之窘

青掛无量孟碩白飲宣南春赴江　勃山病不可
忽　真如夜来　晨寄大女書

廿四日 初三日

姓下午会　伯珩来　望三女書不至甚憂其歸途中
沮也（山東張宗昌徼鄭士琦附部之械）
解脱言之易而行之實難蓋心之所止縶雖或不
同而其為縶則一一則解脱之難無以異也[illegible]吾於
覌芬若是矣凡縶皆己自縶之非人（附縶者）之能

廿五日 星期一

繫之也吾於硯芬若是矣

雖 昨夜大雨雷電 意中央公園芍藥花雨後朝曦當分外鮮麗約勃山往觀則有不經風雨而萎者謝者天下人事亦若是已矣 觀廣濟寺豐碑古樹深院無塵懷靜安之舊居訪望溪而不在悵悵

夜溺見糖午素食豆類較多且食品有紅菜菔也夜溺又晚此見糖之徵歟

廿六日 初五 陰小雨　午後略放晴夜雖不穩曉遂又見檐溜

十　午後游張百熙祠堂庭院荒蕪不治白芍藥花剛盛開可觀也坐石槐樹下空際雲飛若雨之將至遂返伯垠家累雨雨已而果仍未舒也後馳赴先農壇內滌飛塵萬條皆活積芳宜人靡以雨矣對芍藥花酌茗飲謂不能獨樂耶　約伯垠晚赴硯芬家孫寓趣矣天下事竟有我憐人而人不自知其可

情若佛氏胥歸諸宿業

廿七日 星期三 姓 國會歲費無望 從于右任處假得兩百金計將車已開則我今日不能成行 而張雨亭且入關北京政局必發發之度不可知擬留數日觀其究竟 晚電告施高績歸 得故凝橋梓書 據郵印係二十日發 漆樹芬文來信述館事

廿八日 初七日 姓 寄大女書 晤林煥廷言北京近事

上午寫信略盡五紙遂苦腦熱遂游公園午飯立三家視重民病又過伯琅晚飯德源居与勃山打球忽酌醒奇軟赴犀英略坐遂還而小便又見糖矣

廿九日 星期五

姓專意養攝萬事放下 硯芬來視疾然其意仍在金錢無所悟雖曰童年不知世涂嶮巇人事苦樂要亦業障之耳 伯琅側室夫人規我之失可謂良

友不圖於女子中得之

勳山病自用大劑瀉其胸腹之水夜扶病往視之

三十日 閏月初九日 小姪会信予五妹來其病猶未愈也 真如勳山來 真如静談半日夜游公園十二時後晚大雨雷電

卅一日 星期日 姪赴中央公園圖書展覽會燉煌石室寫經圖畫宋金元明刊本寫本書籍洵珍品也宋寫本一

件為史浩所著仙源類譜墩煌寫經則唐晉人手筆

得大女書 廿七日 田兒書 十一日 兩孫之像片已寄得

到上海德堪書云體先身體堅壯聲音宏亮頗可

喜也 寄田兒大女書 夜雨

六月一日 閏月十一日 陰微雨 詣看草師

前日上海英國巡捕鎗殺學生數人傷二十餘人今日

又鎗殺民衆數人因學生援助日本人所辦紗廠工

人之罷工被害者而匀捕傳單公開演說英捕干涉之繼以捕人遂成慘局嗚呼國未亡而在國境之内即被外人蹂躪至此事之傷心者無逾於是矣

又示德堪勵以勤學寫字　夜大雨

二日

星期二

晨大雨会午後小住　決明日還上海　晚楊吉甫風都言二事一勸戒吸阿片一商接真如眷屬來京　夜小雨

晚焦易堂伯琅勃山可亭飲我於飯肆且以上海風潮之故力阻我行

遂決定再留數日 晚乘車頗苦腳痠軟小便果見糖

三日 十三日 陰 夜小雨 寄大女書 終日未出門 晚八時許身體內部自覺有不良變動 小便果見微糖

四日 星期四 小雨 未出門 晨午中夜皆容驗小便無糖 得大女書

五日 十五日 陰小雨 午後勃山約游先農壇打球 夜大雨

六日 星期六 晴 節飲食病遂不作 病之反復實食與勞之不節也 讀檀弓 晚聽大鼓詞

七日

十七日姓游南下窪觀模範監獄

晚聽大鼓詞

決明日還滬遂電滬寓